인생을 두 배로 사는 강점혁명

말을 못해 ———
글을 쓰기로 했다

인생을
두 배로
사는
강점혁명

김형준 지음

도서
출판 **더로드**
The Road Books

나는 지독하게 말을 못했다. 월급을 주지 않는 사장에게 돈 달라는 말이 입에서만 맴돌았다. 돈을 받지 못한 거래처에서 전화로 따지면 내 잘못인 양 한마디도 못했다. 중고차 사는 데 명의만 빌려달라는 친구의 부탁을 거절하지 못해 대신 빚쟁이가 됐다. 직장에서도 내 의견을 말하기보다 시키는 대로 하는 게 편했다. 부당한 일을 당해도 내 목소리를 내기보다 참고 넘어갔다. 할 말을 제때 못해, 그 못한 말이 쌓이니 더 말하기 힘들었다. 그런 악순환이 결국 자신감도 떨어트렸다.

29살, 현석이의 도움으로 인테리어 현장 공사관리 업무를 맡았다. 경력이 없었던 때라 친구의 지시를 받으며 하나씩 배웠다. 현석이는 4년 차, 나는 신입이었다. 당연히 업무 역량이 달랐다. 근로자는 나보다 현석이의 지시를 따랐다. 생소한 도면을 아무리 들여다봐도 이해가 안됐다. 소장님도 도면을 이해해야 관리감독을 할 수 있다고 했다. 현장 업무에 대한 이해가 부족했던 나는 공부보다 몸으로 뛰는 걸 선택했다. 작업 중인 근로자를 찾아가면 그들은 나에게 필요한 걸 말했다. 그들이 요구하는 자재를 구해 주고, 작업에 방해되는 것들을 정리해 주는 잡다한 일이었다. 현석이는 저대로 바빴고, 나는 나대로 바빴다. 얼마 뒤 그러고 다니는 걸 알게 된 현석이가 화를 냈다. 화를 내는 현석이의 심정도 이해가 갔다. 기껏 어렵게 자리를 만들어 줬더니 일용직에게 시켜도 되는 일로 하루를 보냈으니 말이다. 나라고 공사관리자 역할을 하고 싶지 않았던 건 아니었다. 일머리를 몰랐던 때라 무엇부터 시작해야 할지 막막했다. 바쁜 친구를 붙잡고 꼬치꼬치 묻기도 미안했다. 현석이는 더 말하지 않았다. 직장을 못 구하고 있던 나를 데리고 오긴 했지만, 일을 배우고 내 자리를 만드는 건 내 몫이었다. 친구와 비교되는 경력과 부족한 지식 탓에 근로자에게 당당하게 작업지시를 못 내렸고, 대신 몸으로라도 때우며 친구를 돕는 게 최선이라고 합리화했다.

　현석이와는 6개월 동안 근무를 했고, 나만 원하면 정직원으로 추천해 주겠다고 했다. 제안은 고마웠지만 다른 현장을 가도 스스로 당당해지지 못할 것 같았다. 그렇게 스스로 직장을 잃었다. 30살이었다. 직장이 필요했다. 이번에도 친구의 소개로 직장을 소개받았지만 전공과는 다른 일이었다. 직업이 없던 당시로써는 다른 선택지가 없었다. 내 의지보다 먹고사는 게 먼저였다.

그렇게 시작한 일을 17년째 이어오고 있다. 하고 싶은 일 대신 '해야 하는 일'을 시작하게 되면서 당연히 자신감도 없었다. 행동에 자신감이 없으니 말수도 적어졌고, 목소리도 작아졌다. 잘못한 일이 생기면 더 주눅이 들었고, 실수를 안 하려고 더 소심하게 행동했다. 평생 그렇게 살아도 이상할 것 같지 않았던 일상에도 작은 변화가 찾아왔다. 43살이 되던 해, 책을 읽으면서부터였다. 손에 잡히는 대로 읽었다. 매달 읽은 권수가 늘어갔다. 1월 1일부터 시작된 독서는 6개월 만에 100권을 읽었다. 그즈음 책만 읽던 손에 펜을 들었다. 자만심이 생겼던 것 같다. 비슷한 내용의 책을 여럿 읽으니, 이 정도는 나도 쓸 수 있을 것 같았다. 책 쓰기 수업을 들은 후 무턱대고 쓰기 시작했다. 돌이켜보면 기초 공사 없이도 제대로 된 건물을 올릴 수 있겠다는 조급함과 자만

심이었던 것 같다. 결국 몇 개월 못가 포기했다. 대신 오기가 생겼다. 제대로 써보고 싶었다. 다시 땅을 파기 시작했다. 이번에는 조급해하지 않고 하나씩 순서와 방법을 지키기로 했다. 그렇게 제대로 글을 쓰기로 마음먹었고 4년을 이어오고 있다.

29살의 나는 가진 게 없다는 이유로 당당하지 못했다. 그래서 말을 아꼈고 주눅이 들어 지냈다. 43살의 나는 책을 읽고 글을 쓴 덕분에 그때 갖지 못했던 용기를 내게 되었다. 내가 쓰는 글에는 당당해지기로 했다. 글을 잘 써서 당당했던 건 아니다. 엉망으로 써도 자신에게 당당하자 다짐했다. 내가 쓰는 글은 나를 위해 쓴다. 그래서 억울했던 상황, 실수했던 경험, 상대방에게 상처 준 말, 전하지 못했던 마음, 해주고 싶은 이야기를 하나씩 적어 나갔다. 두루뭉술하게 적으면 얻는 것도 두루뭉술하다 했다. 그래서 과거의 내가 갖고 있던 문제에도 눈을 돌리게 되었다. 현석이와 함께 일하기 전부터 나는 매사에 자신감이 없었다. 아르바이트로 번 돈을 못 받아도 당당하게 요구하지 못했고, 실수를 바로잡기보다 인정하고 도망치기에 급급했다. 글을 쓰면서, 구체적으로 적으면서 과거의 나를 선명하게 들여다보게 되었다. 내가 가진 문제와 마주하게 되면서 무엇을 바로 잡아야 할지 알게 되었다.

그동안 제대로 말을 못했던 건 단순히 말주변이 부족해서가 아니었다. 자신감이 없었던 거였다. 말을 잘 못한다고 스스로 단정 짓고 나니 단점 있는 사람이 되어 버렸다. 한 번 생긴 단점은 평생 따라다녔다. 하고 싶은 말이 있어도 이미 스스로 만든 단점이 벽이 되어 입을 막았다. 단점은 단점에 집중하게 했다. 글은 나의 단점도 드러냈지만, 그동안 몰랐던 장점도 알게 했다. 나는 말은 못했지만 잘 들었다. 입은 닫고 있었지만, 마음은 열고 있었다. 타인에 대한 배려니, 이해니 그런 건 아니었다. 말을 못하니 어쩔 수 없이 선택한 게 침묵하고, 들어주고, 인정하는 것이었다. 월급을 못 준 사장에게도 사정이 있었겠지, 나를 질책하는 선배도 나에게 애정이 있어서라고 인정했다. 글을 쓰면서 과거의 나를 바라보는 관점을 달리했다. 잘못했던 나를 바라보기보다 잘했던 나를 바라보게 되었다. 단점 있는 나를 고치기보다 내가 가진 장점에 집중하기로 했다. 그렇게 '못하는 건 접어두고' 잘할 수 있는 일에 집중하며 살고 있다.

누구나 단점 하나씩은 갖고 있다. 단점을 단점이라고 인정하고 사는 사람이 있지만, 단점 때문에 정작 중요한 걸 놓치고 사는 나 같은 사람도 있다. 자신이 어떤 단점을 가졌는지 아는 것도 중요하지만, 어떤 장점을 가졌는지 아는 것도 꼭 필요하다. 어쩌면 우리에게는 단점을 고치려는 노력보다 장점에 집중하고 발전시키는 노력이 인생을 더 가치 있게 만들어 준다고 생각한다. 말주변이 없는 내가 말을 잘하려고 노력하는 것보다 책을 읽고 글을 쓰면서 이전에 없던 자신감을 되찾는 노력이 더 가치 있다고 믿는 것처럼 말이다.

차 례

제4장 후회 없이 사는 최고의 방법

제5장 못하는 건 접어 두기로

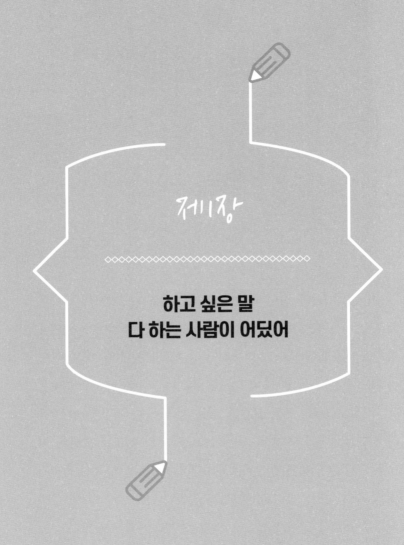

제1장

하고 싶은 말
다 하는 사람이 어딨어

하...입이 탄다

지미집 카메라 장비가 있다. 크레인 같은 구조 끝에 카메라를 달고 허공을 돌며 위에서 내려다보는 촬영 장비이다. 열연을 펼치는 배우들의 모습을 역동적인 앵글로 담아낸다. 그 안에 있는 배우들은 온 힘을 다해 연기를 펼친다. 카메라에서 내려다보는 시선은 그들의 전체 모습을 담는다. 위에서 내려다보면 안을 자세히 들여다볼 수 없다. 화가 나고 입이 탈 정도로 말문이 막히는 답답한 상황도 멀리서 바라보면, 무슨 말을 하는지 들리지 않고 그저 입만 벙끗거리는 모습으로만 보인다. 살다 보면 주변 사람과 부딪히는 일이 생긴다. 나와 상대방이 상처를 받기도 한다. 그럴 땐 나라도 지미집 카메라처럼 한 발 물러나 상황을 바라보면 어떨까?

매월 초가 되면 두렵다. 현장에서 청구한 공사비를 각 업체와 근로자에게 지급하는 날이다. 내 손을 거쳐 정리된 자금 집행 내역은 회계부로 넘어갔다. 회계부는 원칙에 따라 수금이 되는 만큼 지급하기 위해 준비 중이다. 수금이 되지 않으면 단 한 곳도 지급되지 않는다. 수금이 안되는 때가 더 잦았다. 월말을 넘기면 그때부터 전화가 걸려온다. 거래처와 근로자다. 일하는 중간마다 벨 소리가 울리면 가슴이 철렁한다. 드디어 올 것이 왔구나. 일단 전화는 무조건 공손하게 받는다. 이때부터 나는 회사의 대변인이 된다. 수화기를 들기 전 심호흡을 한다. 상대방이 어떤 말을 할지 대충 짐작해 본다. 그 말에 어떻게 대응할지 생각해 둔다. 회사 자금 사정을 고려해 대략적인 날짜도 예상해 놓는다. 이런 대화를 시작할 때 가장 중요한 건 내 감정을 드러내지 말아야 한다. 따지고 보면 나는 담당자일 뿐 책임자는 아니다. 내 역할은 회사의 상황을 대변하는 그 이상도 이하도 아니다. 최대한 이성적으로 대처해야 상황을 원만하게 마무리 지을 수 있다. 그렇게 마음먹고 전화를 받는다. 다짜고짜 고함부터 지르는 사람이 있는가 하면, 내리막길에서 가속도가 붙듯 뒤로 갈

수록 목소리가 커지는 사람이 있다. 어느 경우든 감정에 휩쓸리면 안된다. 정말 가끔이지만 나 때문에 돈을 못 받았다는 식으로 말하는 경위 없는 사람도 있다. 그럴 땐 당장에라도 수화기를 집어 던지고 싶다. 마음속 깊은 곳에서 올라오는 진심이 혀끝을 맴돌지만, 가족의 얼굴을 떠올리며 다시 꾹꾹 눌러 내린다.

그렇게 끝까지 이성의 끈을 붙잡고 있어야 한다. 또 어떤 경우, 나랑 이야기해 봐야 아무런 답을 얻을 수 없다는 것을 아는 사람은 다짜고짜 대표를 바꿔 달라고 한다. 그들을 이해시킬 수 있는 사람은 내가 아닌 내 윗사람이다. 그렇게 할 수 없는 게 월급을 주는 사장에 대한 예의다. 결국 평행선을 그으며 상대방의 화가 풀려야 대화는 마무리된다. 그렇게 내 감정은 누르고 들어야 한다. 말을 들을 땐 맞장구쳐주며 그들을 이해하려 노력한다. 그들도 처음엔 불같이 화를 내다가도 내가 듣고 있다는 걸 알면 차츰 누그러진다. 상대방이 누그러졌을 때 조심스레 내 사정을 읍소하듯 꺼낸다. 최대한 예의를 차려 말하면 그들도 내 말을 들어준다. 믿는지, 안 믿는지 알 수 없지만, 최대한 진정성을 담는다. 내 진심을 알아줘서인지 가끔 대화 끝에 내가 얼마나 힘들지 충분히 짐작 간다는 한마디를 들을 때면 위로도 받는다. 어차피 나도 그들과 같이 한 달 벌이로 사는 처지라는 걸 이해해 주는 것 같다. 그렇게 몇 분 동안 대화를 나누면 하고 싶은 말을 다 해선지 말끝이 무뎌져 있다. 그들의 말끝이 무뎌질수록 내 속엔 꺼내지 못한 말만 쌓인다.

　돈 때문에 얽힌 관계에서 돈이 돌지 않으면 둘 다 돌아버리는 상황이 생기기 마련이다. 아무리 지지고 볶고 싸워봐야 실마리를 쥐고 있는 사람은 따로 있다. 당사자끼리도 모르는 건 아니다. 오죽 답답하면 그러겠는가. 나도 월급 받는 처지니 내 역할은 해야 한다. 어쩔 수 없이 부딪쳐야 한다면 나는 한 발 물러서는 걸 택했다. 그들의 입장도 모르는 게 아니니, 굳이 나까지 그들과 다툴 필요는 없다. 오히려 그들의 말을 들어주고 전달하려면 중심을 지켜야 한다. 맑은 물에 뛰어들어 봐야 흙탕물밖에 안된다. 그러니 무조건 들어주고 이해해 주는 게 내가 해야 할 최선이다. 할 말은 많지만, 입이 타들어 가지만, 그래도 나는 월급은 받고 다닌다. 그들이 받지 못한 돈은 한 달 치 노동의 대가일 수 있고, 직원들에게 줄 월급일 수 있기에 가벼이 여겨서는 안된다. 적어도 나는 그들의 마음을 이해해 주어야 한다고 생각했다. 그럴 때면 나는 내 시선을 지미집 카메라가 되기로 한다. 나와 그들이 대화하는 모습을 멀리 떨어져 지켜보는 것이다. 대화를 나누는 그 순간, 서로의 입 모양만 보일 뿐 어떤 말이 오가는지 알 수 없다. 이 말은 상대방의 감정도 거리를 두고 본다는 의미이다. 돈을 받지 못해 화가 나고 억울한 상대의 감정에 나도 감정적으로 대하면 싸움밖에 나지 않는다. 따지고 보면 서로의 잘못이 아니다. 화를 내는 건 상대방의 선택이고, 그걸 받아들일지 말지는 내 선택이다. 그걸 몰랐을 때는 화를 내는 상대방에게 나도 똑같이 화를 내고 달려들었다. 그래 봐야 서로의 감정만 상할 뿐이었다. 그러나 같은 상황을 자주 겪다 보니 요령도 생기고, 발을 담그지 않는 방법도 익히게 된 것 같다. 빚쟁이처럼 하고 싶은 말을 못해 속은 타들어 갔지만, 참고 거리를 유지한 덕분에 상대방의 말을 들어주는 훈련이 된 것 같다.

상황에 맞게 적절한 말을 하는 것도 필요하지만, 적절치 못한 말을 하지 않는 게 더 중요하다. 바꿔 말하면 상대에게 해가 될 말은 남겨두라는 의미이다. 사람을 해치는 무기마다 사정거리가 있다. 사정거리 밖에 있으면 안전하다. 무기처럼 말도 상대를 해칠 수 있다. 하지만 말은 보이지 않는다. 보이지 않는 말은 입 밖으로 꺼내지 않는 게 사정거리를 지키는 유일한 방법이라 생각한다. 해가 될 말을 하지 않는 게 서로를 지켜주는 안전한 사정거리임을 기억하자.

속이 무너지는 일

삼백만 원을 빌려야 했다. 아내에게 줄 생활비와 각종 공과금을 해결하기 위해서다. 지난달부터 월급이 안 나왔다. 아내에게는 한 달 더 두고 본 다음 말하려고 했다. 우선 돈을 빌려 해결하기로 했다. 다행히 절실한 마음이 통했는지 삼백만 원을 빌릴 수 있었다. 한 달을 더 기다렸지만, 월급은 또 나오지 않았다. 대표는 다음 달까지만 기다려 달라고 했다. 그 말을 믿고 한 달 더 돈을 빌렸다. 대표는 또 약속을 어겼다. 삼 개월 째 월급이 안 나왔고, 더 이상 숨길 수가 없었다. 월급이 안 나온다고 말하기도 쉽지 않았고, 거기에 빌린 돈까지 있다고는 더 말할 수 없었다. 당장 싫은 소리를 듣기 싫어 빌린 돈이 있다고 말하지 않았다. 못 받은 월급을 받기 위해서라도 직장엔 계속 있겠다고 했다. 있는 동안 공인중개사 시험을 볼 테니, 믿고 기다려 달라고 했다. 그렇게 1년을 더 다녔다. 하지만 계획대로 되지 않았다. 못 받은 월급은 반도 받지 못했고, 공인중개사 시험도 떨어졌다. 온전히 아내의 월급으로 버티고 있었다.

1년 2개월 만에 새 직장을 구했다. 앞으로 받는 월급은 그동안 구멍 난 살림을 메우기도 벅찼다. 여전히 빚은 깔렸었다. 입사 후 6개월째, 직장인 신용대출이 가능했다. 아내 몰래 마이너스 통장을 만들었다. 우선 대출로 빚을 해결하고, 빌린 돈은 매달 갚으면 될 줄 알았다. 착각이었다. 월급 이외의 수입도 없는데 어떻게 그런 계산을 했는지 모르겠다. 결국 대출은 또 다른 대출로 이어졌다. 직장을 다니는 내내 돌려막기로 근근이 버티고 있었다. 그사이 아내도 일을 그만두겠다고 했다. 둘째가 초등학교 1학년이 되면서 돌봄이 필요했기 때문이다. 아내는 망설였다. 정교사를 그만두면 나이와 경력이 많아 다시 정교사 되는 게 어려웠다. 다시 일을 시작하게 되면 시간제밖에 할 수 없었다. 나는 신중하지 못했다. 당장 고민하기보다 복직할 때가 되면 무슨 수가 날 거라 막연히 생각했다. 또 월급은 꼬박꼬박 받았기에 별 고민 없이 그러라고 했다. 아내의 수입 없이 내 월급으로만 1년을 살았다. 내 월급에서도 아내 몰래 진 빚의 이자를 제하고 생활비로 줬다. 나가는 돈은 정해져 있으니 내가 주는 돈으로 감당이 안 됐다. 1년을 버틴 아내는 복직을 결심했다. 정교사 때 받던 월급에 비할 건 아니었지만, 쪼들림은 덜 수 있었다. 나아진 게 아니었다. 갚아야 할 원금은 성실하게 이자를 낳았고, 덩치가 커진 이자는 둘의 월급으로 감당할 수준을 넘어서고 있었다. 대출도 더는 받을 수 없는 상태에 이르렀다. 결단을 내려야 했다.

늘어난 빚은 돌려막기로 감당할 수준이 아니었다. 선택해야 했다. 아내에게 모든 사실을 털어놓고 빚을 갚아 가든가, 개인회생을 신청하든가. 둘 중 어느 것을 선택하던 아내에게 말할 수밖에 없었다. 얄팍한 욕심에 개인회생을 신청하기로 했다. 개인회생 신청은 배우자의 동의가 필요했다. 서류를 들고 아내 앞에 앉았다. 차마 고개를 들 수 없었다. 아내는 그동안 기회가 있었는데도 말하지 않았다는 게 화가 난다고 했다. 돈보다 신뢰의 문제였다. 아내는 속이 무너졌다. 10여 년을 같이 살았지만, 내 속을 모르겠다고 했다. 어떻게 긴 시간 자신을 속이며 큰 빚을 지고 있었냐고 따졌다. 할 말이 없었다. 어떤 말을 해도 궁색한

변명밖에 되지 않았다. 처음부터 다 말을 했으면 쪼들려도 빚은 안 질 수 있었을 거라며 아쉬워했다. 그리고 한마디 남겼다.

"이미 벌어진 일 원망해서 무슨 소용이 있겠어. 딱 하나만 부탁할게. 앞으로 어떤 일이 있든 숨기지 말고 다 말해 줬으면 해. 돈이든, 직장이든 대화가 필요한 건 꼭."

5월, 봄이지만 따뜻하지 않았다. 꽃이 피었지만, 색은 없었다. 회생법원에 출석하는 날이다. 교대역을 빠져나와 언덕 위 법원으로 향했다. 땅만 보고 오르막을 걸었다. 이날을 선명하게 새기고 싶었다. '어쩌다 내가 여기까지 왔지.' 속으로 되뇌었다. 그리고 다짐했다. 나 때문에 가족이 고통 받는 건 이걸로 끝이라고. 해결이 아닌 수습으로 얼버무렸던 탓에 이 지경까지 온 것이다. 아내도 더는 나를 원망하지 않았다. 앞만 보고 가자고 했다. 법정에 앉아 하나씩 떠올려봤다. 어디서부터였고, 무얼 잘못했는지, 왜 그랬는지. 앞으로 어떻게 해야 하는지. 그동안 있었던 일을 사진 찍듯 한 장씩 남겼다. 숨기고 주저했던 모습, 단호하지 못했던 태도, 어영부영 시간만 죽였던 안이함. 잘못했던 순간을 떠올릴수록 무엇을 해야 할지 선명해지는 것 같았다. 실수를 바로 잡는 건 실수를 바로 보는 것부터였다. 실수를 만회할 수 있는 것도 기회가 주어졌을 때 가능하다. 아내와 법이 나에게 기회를 줬다. 기회가 '기회'가 될지는 오롯이 내 태도에 달렸다.

두루뭉술한 글을 읽으면 생각도 두루뭉술해진다. 어떤 의도로 썼는지 이해가 안된다. 그래서 글을 쓸 때는 최대한 구체적으로 쓰라고 한다. 나무를 묘사하면 나무가 된 것처럼, 화가 났으면 왜 화가 났는지부터, 배가 고프면 어떤 음식을 얼마나 먹고 싶은지 등을 자세하게 적어야 읽는 이에게 같은 감정을 전달할 수 있다고 한다. 대화도 마찬가지인 것 같다. 해야 할 말을 솔직하게 전해야 상대방도 오해 없이 받아들일 수 있고 공감하게 된다. 처음부터 얼버무리기만 하고 제대로 된 대화를 안 했던 나 때문에 여전히 힘든 시기를 보내고 있다. 그때 만약 있는 그대로 다 털어놓았다면, 적어도 나에 대한 불신은 갖지 않았을 거다. 진실 되고 구체적으로 쓴 글이 독자의 공감을 받듯, 나도 아내에게 진실했다면 욕을 먹었더라도 공감은 받지 않았을까?

말은 인간만이 갖는 특성이다. 나약했던 인간은 의사소통으

로 힘을 모았고, 포악한 동물들로부터 자신을 지킬 수 있었다. 이는 올바른 의사소통의 중요성을 말해 준다. 부부 사이, 대인 관계, 친구끼리 소통이 잘 되면 서로에게 힘이 될 수 있다. 하지만 소통이 원활하지 않기에 여러 문제가 생긴다. 반대로 숨김없이 대화하다 보면 다툼도 생기고, 오해도 생길 수 있다. 그러나 진심을 다해 올바르게 소통한다면 거기서부터 서로에게 힘이 될 수 있다. 인간이 의사소통으로 힘을 모아 짐승을 물리쳤던 것처럼 올바른 소통을 통해 든든한 자기편을 만들 수 있지 않을까?

아이고 내 심장이야

　때로는 내가 베푼 선의가 내 뒤통수를 치기도 한다. 나는 거절을 잘 못한다. 나를 아는 사람의 부탁이면 더더욱 그렇다. 고등학교 때 건축설계 도면을 그리는 실습 과목은 과제가 주어지면 정해진 시간 동안 완성해야 했다. 기능사 자격증을 따려면 3시간 안에 도면 4장을 완성해야 했기 때문이다. 그래서 매주 실습시간에 연습했다. 실력이 부족한 친구들은 같은 시간 동안 2/3도 못 그렸다. 또 모르는 게 나오면 물어보러 다니느라 시간을 다 뺏겼다. 나는 작은형에게 과외를 받은 덕분에 실력이 나쁘진 않았다. 그렇다고 여유를 부릴 정도는 아니었다. 정신없이 그리고 있으면 한 명씩 내 자리로 와 궁금한 걸 물어보았다. 그때마다 손을 멈추고 답해 줘야 했다. 짧게는 1~2분, 길면 10분도 걸렸다. 그러고 나면 정작 내 과제는 끝에 가서야 허겁지겁 마무리했다. 아마 그때부터 나는 거절을 못했던 것 같다. 직장을 다니면서도 다르지 않다. 상사의 지시는 두말할 것도 없다. 동료나 부하 직원의 부탁도 내가 조금 더 시간을 할애하면 된다고 생각하고 웬만하면 거절하지 않는다. 20년 전쯤인 것 같다. 그때도 친구의 부탁을 거절하지 못해 크게 곤욕을 치렀다. 그런 일을 겪은 후에도 여전히 거절을 못하는 걸 보면 그렇게 타고났나 보다.

며칠 째 규현이가 똑같은 내용으로 전화를 했다. 내 명의를 빌려달라는 내용이다. 사업을 시작하고 싶은 자신은 신용불량자라 차를 살 수 없다고 했다. 주변에 부탁할 사람도 없단다. 패가망신하는 세 가지는 노름, 보증, 바람이다. 이 중에 보증을 서 줄 사람이 없는 게 당연했다. 당연한 걸 나는 몰랐다. 내 거절이 이어질수록 친구는 더 간절히 매달렸다. 격투기에서 로우킥으로 허벅지를 계속 맞다 보면 힘이 풀려 주저앉게 되는 것처럼 계속되는 친구의 부탁에 결국 계약서에 도장을 찍었다. 아무에게도 말하지 않았다. 심지어 가족에게도 말하지 못했다. 당시는 독립해 혼자 살고 있었다. 그 정도 일은 스스로 판단해 결정해도 된 다고 생각했다. 그때는 몰랐다. 판단과 결정을 스스로 했다면, 책임도 혼자 져야 한다는 것을.

　몇 개월째 같은 시간에 같은 내용으로 전화가 온다. 연체 중 인 자동차 할부금을 갚으라는 내용이다. 내 대답은 똑같다. '나 도 돈을 받아야 보내줄 수 있다고.' 대부업체 담당자도 나 같은 사람을 상대하는 게 자신의 업무다. 그러니 뻔한 대답을 듣더라 도 연체금을 다 갚을 때까지 전화를 할 수밖에 없다. 나도 내 명 의를 빌려준 것뿐이라고 억울한 척해 보지만, 씨알도 안 먹힌다. 때로는 서로 감정이 격해져 쌍욕을 내뱉기도 했다. 상대방에 화 가 났기보다 친구 때문에 이런 꼴을 당해야 하는 게 억울했다. 분하고 억울한 감정이 북받쳐 욕을 했지만, 손은 떨리고 있었다. 순간 이성을 잃고 욕이 나오지만, 심장은 미친 듯이 뛰었다. 격 앙될수록 말은 꼬였다. 내가 무슨 말을 하는지 몰랐다. 또 어떤 날은 감정을 누그러트리고 서로의 사정을 이해하는 대화를 나누 기도 했다. 나는 내 친구를 원망하고, 그분도 나대신 친구 욕을 했다. 안타깝지만 연체금을 갚을 때까지 이런 대화가 매일 이어 졌다. 규현이는 내 전화를 피했다. 전화를 피할수록 나는 더 집 요해졌다. 매일 그렇게 시달리는 게 다 친구 때문이라고 여겼고,

무슨 수를 써서라도 해결하고 싶었다. 직접 말하는 건 소용없어서 가족에게 알렸다. 가족이 알면 해결해 줄 거로 생각했다. 며칠을 수소문해 연락이 닿았다. 어머니는 단호했다. 둘 사이의 문제이니 둘이 해결하라고 했다. 맞는 말이었다. 내가 괜한 기대를 했었던 거였다. 결국 다시 규현이와 해결하는 수밖에 없었다.

몇 주 뒤 연락이 왔다. 다짜고짜 화를 냈다. 내가 어머니에게 전화한 것 때문에 본인이 곤란해졌단다. 어이가 없었다. 곤란은 누가 겪고 있는데. 내 전화를 피할 땐 언제고. 나도 가만히 있지 않았다. 미친 듯이 쏟아 부었다. 내가 뭘 잘못해서 이런 꼴을 당해야 하는지 따졌다. 그제야 미안했던지 자기 사정을 말한다. 부모님께 손을 안 벌리려고 여기저기 알아보는 데 쉽지 않았단다. 그러던 중 어머니가 먼저 알고 전화해 불같이 화를 냈다고 한다. 나 때문에 자신이 곤란해져 순간 이성을 잃었고, 다시 한 번 사과했다. 나도 규현이의 어머니에게까지 전화하고 싶지 않았다. 전화를 하면 당연히 규현이가 곤란해지라는 것도 알고 있었다. 그래도 그때는 그 방법뿐이었다. 이 꼴 저 꼴 안 보려면 내 돈으로 먼저 해결하면 좋았겠지만, 나도 월급을 못 받고 있었던 때였다. 그러니 날이 갈수록 원망만 쌓여갔다. 지금 생각해 보면 친구를 원망할 게 아니었다. 내 자신을 탓해야 했다. 내 상황을 냉정히 판단했다면 처음부터 거절하는 게 맞았다. 감당할 자신도, 능력도 없으면서 인정에 이끌려 명의를 빌려준 게 잘못이었다. 거절하지 못하는 성격 탓에 겪지 않아도 될 일을 경험했다.

얼마 뒤 연락이 왔다. 갚아야 할 돈이 얼마냐고 물었다. 다음 날 바로 돈이 들어왔다. 2년 만이었다. 차는 갖고 있지 않았다. 수소문하니, 성남시에서 운영하는 차량보관소에 장기주차 중이었다. 결국 폐차를 했다. 차종도 그때야 알았다. 내가 생각해도 한심했다. 주변 사람을 돕는 데는 책임이 따른다. 고등학교 실습시간에 주변 친구를 도울 수 있었던 건 형에게 먼저 배웠기 때문이다. 내가 그들보다 조금은 더 알았고, 그 덕분에 짧은 시간이라도 친구들을 도울 여유가 있었던 것이다. 명의를 빌려준다는 건 잘못됐을 때까지 책임을 진다는 의미이다. 그만큼을 감당해 낼 능력이 있어야 했다. 혹여 그럴 만한 능력이 안된다면 주변에 알리기라도 해야 했다. 그때처럼 어리고 경험이 부족해 잘못된 판단할 수 있다. 잘못을 했을 땐 바로 잡는 것도 배우는 과정이다. 바로 잡을 때 필요한 게 부족함을 인정하는 것이다. 이 일을 통해 나에 대해 한 가지는 확실히 알았다. 능력도 없이 인정에 이끌리면 나는 물론 상대방도 힘들게 할 수 있다는 점이다.

선의로 시작한 도움이 악의가 되어 돌아오기도 한다. 그 과정에 상대방에게 상처가 되는 말이 오가기도 한다. 그런 일을 겪으면 관계에도 금이 간다. 상대방을 도울 땐 우선 내 능력부터 살펴봐야 한다. 능력이 부족할 것 같으면 차라리 진심을 담아 거절하고, 마음으로 잘되길 빌어주는 게 적어도 좋았던 관계를 잃지 않는 차선책이 아닐까 생각한다.

4

억울해 미치겠다

'나만 그런 게 아니고, 나만 걸렸을 뿐이고, 거기 있었던 사람 모두 다 그렇게 해요.'

쫓겨나는 그날까지 마음속으로 수백 번 되뇐 말이다. 변명 한마디 못하고 회사의 결정을 따를 수밖에 없었다. 선택의 여지가 없던 나는, 아르바이트였다.

같은 시간 일을 해도 시급을 많이 받는 아르바이트를 구하고 있었다. 군대를 제대한 지 얼마 되지 않아 체력은 자신 있었다. 몸을 쓰는 일이 시급도 많이 받는다는 건 알고 있었다. 매주 생활정보지를 쓸어 왔다. 구인광고만 집중적으로 팠다. 눈에 띄는 광고가 있었다.

'대형할인점 수산코너 판매직 / 8시간 근무 / 시급 2,500원 / 식사제공'

시급이 눈에 들어왔다. 1천 원을 더 준다는 건 힘이 드는 일이라는 의미였다. 체력엔 자신 있을 때였다. 이력서를 내고 연락을 기다렸다. 며칠 뒤 면접 보러 오라는 연락이 왔다. 집 앞 정류장에서 좌석 버스 한 번만 타면 40분 정도 걸리는 곳이었다. 출퇴근도 나쁘지 않았다. 면접을 보고 다음 주부터 출근하기로 했다. 합격하니 입사까지 까다로운 절차가 남아 있었다. 입사가 결정되면 앞서 낸 이력서 외 인사기록 카드를 작성하고 등본, 초본, 통장사본까지 제출해야 했다. 거기에 신체검사까지 받아야 정식 출근을 할 수 있었다. 중학교 3학년 때부터 아르바이트를 시작해 다양한 업종을 경험했다. 그동안 경험한 아르바이트는 조직체계라는 게 없었다. 식당, 달력공장, 레스토랑, 건설현장 등, 일을 시키는 사람이 월급까지 주는 그런 식이었다. 제출할 서류도 없었다. 월급은 한 달에 한 번 현금을 봉투에 담아줬다. 그런 곳에서만 일했던 나에게 대형할인점 입사 과정은 낯선 경험의 연속이었다.

까다로운 절차 덕분에 출근 전부터 주눅이 들어 있었다. 그러니 출근 후에도 행동이 자연스럽지 않았다. 뭘 해야 할지 몰랐다. 눈동자만 굴리고 있으면 이런저런 지시가 내려졌다. 군대에서도 눈치 하나로 버텼다. 시키는 건 빠릿빠릿하게 잘했다. 삼일 정도 지나니 무엇을 해야 하는지 감 잡을 수 있었다. 감을 잡으니 일도 능숙해졌다. 함께 일하는 선배들과도 친해졌다. 내가 근무한 수산코너에도 정직원, 계약직, 아르바이트로 나뉘어 있었다. 제품 입출고를 총괄하는 정직원, 판매대를 정리하고 관리하는 계약직, 나처럼 판매와 잡다한 일을 하는 아르바이트였다. 업무는 구분되어 있지만, 매장 안에서 하는 일은 별반 다르지 않았다. 그러니 위아래를 떠나 편안한 형, 동생처럼 지냈다.

8시부터 시작된 상품진열은 매장 문을 여는 10시 전에 마쳐야 한다. 진열을 마치면 한숨 돌린 뒤 11시부터 본격적으로 손님을 맞는다. 12시에 점심을 먹고 나면 2시 이후부터 손님이 몰리기 때문에 그 전에 푹 쉬어야 한다. 오전 6시부터 시작된 하루는 12시가 되면 배고픔도 최고조에 달한다. 그곳의 식당은 여느 식당에 비교도 안 될 수준 높은 음식을 제공한다. 살을 찌고 싶다면 그곳에서 세 끼를 먹어보라고 말해 주고 싶을 정도다. 그렇게 든든하게 먹고 나면 30분 정도 쉬는 시간이 생긴다. 대형할인점은 손님을 위한 공간은 많지만, 정작 직원들이 맘 놓고 쉴 수 있는 곳은 없었다. 그래서 짧은 시간이라도 편하게 쉬고 싶은 그들이 만들어 낸 그들만의 공간이 있었다.

그날도 든든하게 점심을 먹고 '아지트'에서 쉬고 있었다. 우리가 쉬는 곳은 설탕, 밀가루 포대가 쌓여 있는 창고였다. 그렇다고 쌓여 있는 제품 위에 앉는 건 아니다. 제품은 벽면에 설치된 수납장에 정리되어 있고, 그 앞에 종이를 깔고 두 다리를 펴고 앉는다. 한마디로 바닥에 신문지 펴고 앉는 거나 마찬가지다. 다만, 사람들 눈을 피해 조금은 편안한 자세로 쉰다는 차이다. 배도 부르고, 두 다리도 펴고 앉으면 졸음이 쏟아진다. 몇몇은 머리를 기대고 잠시 쪽잠을 잔다. 그렇게 10~20분 자고 나면 몸이 개운해져 일에 활력이 생긴다고 한다. 말수가 적은 나는 그들의 대화에 끼지 못하고 듣고만 있다. 듣고 있으면 자장가처럼 들린다. 그날도 평소처럼 잠이 와서 동료에게 양해를 구하고 조금은 편한 자세로 잠이 들었다. 잠시 뒤 다리를 치는 느낌이 들어 화들짝 깼다. 돌아가자고 깨우는 줄 알았다. 자세를 바로 하고 주변을 봤다. 낯선 얼굴이 보였다. 그 옆으로 선배도 보였다. 분위기가 심상치 않았다. 내가 일어난 걸 확인한 선배들은 나만 남겨두고 자리를 떠났다. 낯선 남자는 나에게 소속이 어디냐고 물었고, 수산코너에서 일한다고 답했다. 의미를 알 수 없는 표정을 지으며 대꾸도 없이 자리를 떠났다. 잠이 덜 깬 나는 잠깐 명했다. 지금 이게 무슨 상황이지?

다음 날 오전, 수산코너를 총괄하는 과장님이 나를 불렀다. 전날 점심시간에 무슨 일이 있었는지 물었다. 장소와 상황을 설명했다. 그러자 내 태도가 문제가 되어 오늘부로 퇴사 결정이 났다고 말했다. 문제가 된 '태도'는 휴식 공간이 아닌 곳에서 잠을 잤다는 것과 잠잘 당시 수납된 제품 위로 상체가 반쯤 걸쳐 있던 자세 때문이라고 설명했다. 억울했다. 그 자리에 함께 있었던 나보다 더 오래 근무한 이들도 같은 곳에서 쪽잠을 잤다. 바닥에 앉아 다리를 펴고 진열장에 몸을 기댄 자세로 잠을 자는 건 말 그대로 휴식일 뿐이었다. 정리된 제품에 손상을 줄 일도 없었다. 당연히 그래서도 안된다는 걸 누구보다 잘 알고 있었다. 단지 그들과 나의 차이는, 자는 모습을 걸렸는지 안 걸렸는지 차이였다. 못 보고 몰랐으면 아무 일도 아니었다. 아무 말도 못했다. 나 말고 다른 사람도 나처럼 한다고 차마 말하지 못했다. 그럴 용기도 없었다. 억울했지만 그들이 잘못했다고 하니 인정했다. 매장으로 돌아와 짧게 인사를 나눈 후 옷을 갈아입고 퇴근, 아니 해고당했다.

어렵게 시작한 일을 제대로 해보지도 못하고 끝냈다는 게 억울했다. 물론 내 잘못도 있지만, 타인의 잘못까지 들추며 내 잘못을 정당화하는 건 아닌 것 같았다. 이 일이 일종의 백신 역할을 했던 것 같다. 직장생활 18년 동안 여러 억울한 일을 겪었다. 억울해도 참는 법을 일찍 배웠던 때문인지 지금까지도 직장에서 잘 버티고 있다. 억울한 일은 어떤 식으로든 풀리게 된다. 속시원히 풀리기도 하지만, 참고 넘어가는 상황도 생긴다. 참는 게 당장은 힘들지만, 타인에게 덜 피해를 줄 수 있다. 또 그렇게 참고 나면 억울한 마음을 이해받기도 한다. 이런 게 사람과 사람 사이를 원만하게 유지하는 또 다른 처세라 생각한다.

원칙에 어긋나는 행동을 했다면 잘못을 인정해야 한다. 설령 억울한 상황이라도 원칙을 어긴 건 잘못이기 때문이다. 어쩌면 억울해하지 않는 게 맞다. 누구나 하는 행동을 내가 따라 할 이유는 없다. 옳고 그름은 스스로 판단해야 한다. 내 기준에 옳지 않다고 판단되면 안 하면 된다. 그러면 억울한 상황도 생기지 않는다. 그릇된 선택으로 잘못했다면 인정하고 대가를 치르면 그만이다. 내 잘못이 있으면서 억울하다는 이유로 타인에게 화살을 돌려서는 안된다. 그건 나와 상대방에게 아무런 도움이 되지 않는다. 차라리 내 잘못을 인정하는 모습을 보여준다면 당장은 억울한 감정이 들겠지만, 상대와의 관계가 나빠질 일은 없을 것이다.

5

내 이럴 줄 알았다

해고의 충격에서 벗어나려면 다른 아르바이트가 필요했다. 또다시 생활정보지를 파고들었다.

'전단 배포 / 4시간 근무 / 2만 원 / 원하는 시간 가능'

어이없는 해고를 만회해 줄 수 있는 아르바이트가 될 것 같았다. 당장 전화를 했다. 별다른 질문 없이 언제부터 출근할 수 있느냐고 물었다. 내일부터 출근할 수 있다고 했다. 근무시간을 선택하라고 했다. 하루 중 전단 배포 시간은 오전 4시간, 오후 4시간이었다. 오전은 6시부터 10시, 오후는 4시부터 8시까지였다. 오전에 일하면 오후 동안 내 시간을 가질 수 있었다. 일찍 일어나는 게 몸에 밴 때라 6시에 나가는 건 어렵지 않았다. 다음 날 새벽 5시 반쯤 사무실에 도착했다. 전단지는 명함 크기만 했다. 명함에는 '중고차 대출 알선'이란 문구가 적혀 있었다. 방법은 주차된 차량 운전석 유리 틈에 꽂기만 하면 됐다. 몸 쓸 일은 없었지만, 4시간 동안 쉼 없이 걸어야 했다. 그때 내가 살던 동네는 성남 구시가지로, 거의 모든 골목이 경사지였다. 눈이 많이 오면 차가 올라가지 못할 만큼 가팔랐다. 그런 언덕길을 오르고 내리며 4시간 내내 걸어야 했다. 군대에서는 평지 40킬로미터를 8시간 동안 행군한다. 가파른 골목길을 4시간 동안 걷는 건 군대 행군과 맞먹는 고된 노동이었다.

어떤 업종이나 경쟁사가 있기 마련이다. 이 업계도 경쟁이 치열했다. 전단을 꽂는 과정에도 불꽃 튀는 경쟁이 있었다. 전단을 주차 된 차에 빠짐없이 꽂는 것도 중요하지만, 미리 꽂혀 있는 경쟁사 전단을 제거하는 것도 중요한 업무였다. 내 것을 꽂기 전 남의 것을 빼버려야 했다. 지역이 넓다 보니 경쟁사와 마주칠 일은 드물었다. 간혹 같은 동네를 돌다 보면 나보다 앞서거나 뒤따라오며 서로의 전단을 빼서 버리는 모습을 목격하기도 했다. 성격이 괴팍한 사람을 마주치면 몸싸움이 나기도 한다고 미리 귀띔해 줬다. 고용주가 들으면 어이없을 수 있겠지만, 나는 소심해서 그런 사람을 마주칠 것 같으면 알아서 피해 갔다. 그들과 마주쳐 불미스러운 일을 당할 바에 전단을 안 꽂는 한이 있어도 모른 척 돌아서고 싶은 게 내 진심이었다. 다행히 두 달 동안 그런 일은 없었다.

처음 1주일은 힘이 들었다. 평지를 4시간 걷는 것도 만만치 않은 데 오르막과 내리막을 오가는 건 체력 소모가 더 심했다. 그래도 버틸 수 있었던 건 2주 간격으로 월급을 받았기 때문이다. 대학생에게 하루 2만 원, 2주 24만 원은 적은 돈이 아니었다. 피로감을 느낄 즈음 현금이 들어오니 다시 힘이 날 것 같았다. 꾸준히 하면 학비는 물론 생활비도 넉넉해질 거라 기대했다. 기대가 깨지는 건 오래 걸리지 않았다. 두 번째 급여를 받을 때 느낌이 안 좋았다. 2주 치 급여의 절반밖에 나오지 않았다. 사장은 다음 주에 남은 절반을 주겠다며 계속 일할 걸 요구했다. 그 말의 뉘앙스에는 다음 주에 나오지 않으면 못 받은 돈을 안 줄 수도 있다는 의미로 들렸다. 돈만 잘 나오면 이만한 아르바이트도 없었다. 야간 수업을 들으니 근무시간도 괜찮았다. 못 받은 돈 때문에 그만두기보다 참고 다닐 이유가 더 컸다. 왜 안 나오는지 묻지 않았다. 그냥 사정이 있는가보다 생각했다. 계산이 밝은 사람은 이럴 때 꼬치꼬치 캐 묻는다. 나는 계산도 밝지 않고 따질 만큼 강심장도 아니다. 그리고 다음 주에 준다고 하니 일단은 믿고 계속 다니기로 했다. 첫 대면 때부터 사장의 말투와 이미지가 마음에 안 들었지만 믿어보기로 했다.

일요일만 쉬고 일한 지 두 달이 되었다. 그 사이 못 받은 월급은 2주치가 쌓여 있었다. 8주를 일해 주고 2주치를 못 받은 셈이다. 묻거나 따지지 않고 기다리기만 했다. 그만두고 다른 아르바이트를 구하는 시간보다 계속 다니는 게 낫다는 판단에서였다. 그만두면 못 받은 돈마저 받을 방법이 없을 것 같았다. 불안했지만 일방적으로 일을 그만두라고 하지 않아서 일단은 참고 다녔다. 사장은 못 준 월급은 언제까지 주겠다며 먼저 약속을 정했다. 알려주기는 했지만 지켜지지는 않았다. 그리고 얼마 뒤 평소와 다름없이 출근했는데 사무실 문이 잠겨 있었다. 뒷목이 서늘했다. 처음 있는 일이었다. 휴대전화가 보급되기 전이라 사무실 전화가 유일한 연락처였다. 당연히 전화도 받지 않았다. 일단 하루만 더 기다려보기도 했다. 다음 날도 같은 시간에 출근했다. 문이 열려 있었다. 별다른 말을 하지 않으니 따질 마음도 없었다. 사정이 있었나 보다 했다. 그리고 다음 날 출근하니 또 문이 잠겨 있었다. 불길했지만 일단 돌아갔다. 점심때 사무실로 전화를 하니 연결도 되지 않았다. 더 불안해졌다. 다음 날 아침에도 문은 잠겨 있었다. 낮에 사무실을 찾아갔다. 사장은 별다른 설명 없이 그만 나와도 된다고 했다. 그럼 밀린 월급을 달라고 하니 다음 주쯤 연락을 주겠다는 말뿐이었다. 졸지에 직장을 잃었다. 못 받은 돈은 일단 기다려 보기로 했다. 앞으로 어떤 일을 겪게 될지도 모른 체 그동안 감사했다는 인사를 전하고 사무실을 나왔다.

약속된 날짜에도 돈을 받지 못했다. 전화도 받지 않았다. 집전화로, 공중전화로 번호를 바꿔가며 해봐도 내 전화인 줄 아는지 받지 않았다. 사무실로 찾아갔지만 잠겨 있거나 여직원만 있었다. 내가 갈 걸 미리 아는지 갈 때마다 자리에 없었다. 새벽에는 문을 열지 않을까 싶어 몇 번 찾아갔지만, 그마저도 허탕이었다. 3주를 끌다가 겨우 사장을 만났다. 미안한 표정이 아니었다. 오히려 줄 때까지 기다리면 내가 안 주겠느냐는 식의 반 협박 말투였다. 그 말에 주눅이든 나는 더 대꾸하지 못했다. 당연한 권리를 눈앞에서 빼앗기고 있었지만, 아무 말도 못했다. 결론은 며칠 뒤 주겠다는 똑같은 약속만 받았다. 몇 주를 끌다가 결국 포기했다. 더는 연락도 되지 않았고 사무실도 비어 있었다. 새벽이슬 맞으며 가파른 골목을 오르내리며 벌은 2주치 급여를 손도 못 쓰고 홀라당 날려 버렸다. 뒤늦게 후회가 들었다. 처음

급여를 받지 못했을 때 차라리 그만두었으면 이런 꼴을 안 당했을 것을. 아무 말도 못하고 너무 쉽게 사람을 믿은 이런 내 성격 때문에 내 이럴 줄 알았다.

세상에는 다양한 사람이 존재한다. 나와 말이 통하는 사람, 자신의 말만 하는 사람, 말하지도 듣지도 않는 사람. 말이 통하는 사람과는 관계를 유지하면 되고, 자신의 말만 하는 사람은 들어주기만 하면 되고, 말하지도 듣지도 않는 사람과는 떨어져 지내면 된다. 앞의 세 부류에 속하지 않는 또 하나가 자신의 이익만을 위해 상대의 말을 듣지 않고 자기 말만 하는 사람이다. 이런 사람과는 소통 자체가 불가능하다. 자기 입장만 중요하고 상대방의 처지에는 관심이 없다. 두 귀를 닫고 사는 꼴이다. 이들과 소통하는 건 벽과 대화하는 거나 마찬가지다. 벽에 대고 말하면 돌아오는 말이 없다. 그럴 땐 나도 입을 닫아야 한다. 당연한 권리를 포기하는 게 쉽지는 않다. 내가 포기하면 상대는 이득을 보게 되는 경우라면 더더욱 그렇다. 하지만 어떤 경우는 빨리 포기할수록 나를 지키게 된다. 오롯이 나를 위해서다.

나도 꼰대인가?

　말없이 사무실을 나왔다. 갈 곳은 없었다. 집으로 향하는 정류장에서 제일 먼저 오는 버스를 탔다. 버스는 김포공항 쪽으로 들어서고 있었다. 극장이 있는 쇼핑몰이 눈에 들어왔다. 바로 볼 수 있는 표를 샀다. 기분이 좋지 않을 땐 영화를 보는 게 최선이다. 2시간 남짓 아무 생각을 하지 않아도 되기 때문이다. 좀 전 사무실에서 있었던 상황을 곱씹어 보지만, 도저히 이해할 수 없었다. 나이 들면 다 그렇게 되는 걸까?

　얼마 전 아버지 연배의 전무를 새로 영입했다. 수주와 견적,

현장을 총괄하는 역할이었다. 첫날 점심 식사 자리에서 전무의 성향을 대충 파악할 수 있었다. 밥 먹는 내내 옛날에 있었던 일을 자랑스럽게 늘어놓았다. 한 번 풀린 입은 쉽게 닫히지 않았다. 그 뒤로도 밥을 먹거나, 회의를 하거나 결제를 받기 위해 마주하는 순간이면 일장 연설이 이어졌다. 오랜 연륜에 자부심까지 더해져 자존감은 건물 슬래브 몇 개 층을 뚫을 것 같았다. 나와는 정반대의 성향이었다. 회의를 해도 남는 게 없었다. 시간만 뺏기는 꼴이었다. 그러니 평소 감정이 썩 좋지는 않았다. 그렇게 쌓인 감정이 결국엔 폭발하는 사건이 터졌다.

한 달 전 분명히 지시를 받았고, 그 자리에서 재차 확인까지 했던 일이었다. 다음 주 거래처에 대금 지급을 위해 결재를 올리니, 그제야 딴소리를 한다. 자신은 그렇게 지시한 적이 없단다. 녹음해 놨어야 했나 보다. 이미 여러 번 같은 경우를 당해 이번엔 나도 물러서고 싶지 않았다. 책상을 사이에 두고 대치하며 끝까지 버텼지만 결국 포기했다. 나이와 연륜 때문이 아니었다. 나를 지키기 위해서였다. 더는 대꾸하지 않고 서류를 들고 자리로 돌아왔다. 내 말은 듣지도 않고 자신이 하고 싶은 말만 한다. 분명한 건 둘 중 한 사람은 틀렸다는 거다. 더 분명한 건 지난 달 같은 내용을 박 대리와 함께 들었다는 거다. 나와 박 대리는 똑같은 내용으로 이해하고 있다. 전무의 논리대로라면 우리 둘이 틀렸다는 말이 된다. 본인이 잘못 알고 있다고 인정할 것 같지 않았다. 잘못을 바로잡기보다 잘못을 우리에게 떠넘기려는 뉘앙스였다. 그래서 더 화가 났다. 바로 잡고 싶어도 그럴 힘이 없다. 나도 감정만 앞서 입을 닫는 걸로 대신했다. 입을 닫으니 더 그 자리에 있어야 하나 싶었다. 그래서 나간다는 말도 없이 사무실을 나왔다.

그 일이 처음은 아니었다. 견적서를 작성할 때면 늘 부딪혔다. 견적서뿐만 아니었다. 전무에게 지시받는 거의 모든 일이 그런 식이었다. '너는 어리니까 내 말을 들어'라는 식이다. 물론 30년 이상 같은 일을 해 왔으면 자신의 판단에 확신을 하는 건 당연할 수 있다. 그만한 시간을 거치는 동안 쌓인 경험과 능력은 인정받아 마땅하다. 하지만 같은 일을 오래 했다고 언제나 올바른 판단을 내린다고는 할 수 없다. 언제나 자신의 말이 옳다며 우리 입을 닫게 했다. 나이와 경험이 상대적으로 부족한 내가 내리는 판단은 틀릴 확률이 높은 건 인정한다. 그렇다고 의견조차 묻지 않고 무조건 자신의 말을 따라야 한다는 건 쉽게 납득이 가지 않았다. 지시한 대로 서류작성만 할 거면 굳이 내가 있을 필요도 없다. 내가 그 자리에 있는 건 보다 나은 판단을 할 수 있도록 돕는 역할이다. 회사에서도 그걸 기대한다. 그러니 내 역할을 하기 위해 내 의견을 내는 건 당연하다. 하지만 전무는 귀를 닫고 있었다. 밥을 먹을 때나 차를 마실 때도 늘 자기 이야기만 늘어놓는다. 상대방이 듣고 안 듣고는 중요하지 않았다.

가족과 밥상에 둘러앉으면 귀는 열고 입은 닫는다. 하루 중 유일하게 네 식구가 모이는 자리라 두 딸은 하고 싶은 말이 많다. 아내와 나도 두 딸이 하루를 어떻게 보냈는지 궁금하다. 가만히 듣고 있다 보면 끼어들고 싶은 말이 생긴다. 하고 싶은 말이 있어도 참는 게 맞는 거였다. 기어이 입 밖으로 나온 말 때문에 보민이는 속상해했다. 내 말이 이해가 안된다는 표정이다. 자신의 말은 더 듣지 않고 결론을 내는 듯한 말이 마음에 안 들었던 것 같다. 나도 그런 뜻으로 말한 건 아니었지만, 보민이는 이미 내 뜻과는 다르게 받아들인 뒤였다. 더 말을 하면 듣기 싫은 변명만 늘어놓을 것 같아 입을 닫았다. 이런 대화가 종종 있다. 상대방이 묻지 않아도 도움이 될 거라 착각하고 먼저 말을 꺼냈었다. 또 궁금한 것을 물을 때도 있다. 학습지를 풀다가 막히거나, TV를 보다가 모르는 게 나오면 그 자리에서 묻는다. 내가 잘 아는 내용이면 설명을 한다. 설명하다 보면 '하나 더' 알려주면 좋겠다는 마음이 들어 말이 길어진다. 말을 하다 보면 보민이가 궁금해한 건 이미 다 말하고 난 뒤다. 그 뒤로 이어지는 설명은 어쩌면 내 욕심에 꺼내 놓는 말들이다. 마치 전무가 자신의 말이 무조건 맞다고 늘어놓듯이 말이다. 딸의 표정은 이미 굳어있다. 뒤늦게 '아차' 싶었다. 내가 또 괜한 말을 했구나 싶어 머쓱해진다.

직장 생활을 하다 보면 듣기 싫은 말도 들어야 할 때가 있다. 그게 업무의 연장이든, 사적인 대화든 상관없이 말이다. 업무의 연장일 경우 잘못된 말은 바로 잡아야 일이 틀어지지 않는다. 직급이 높고 낮음을 떠나 상대방이 잘못된 판단을 했다면 가감 없이 말해야 한다. 그래야 만에 하나 잘못될 수 있는 일을 사전에 예방할 수 있다. 알면서도 모른 척한다면 직급을 떠나 직원으로서 의무를 다하지 않았다고 할 수 있다. 나는 전무가 잘못된 판단을 했다는 걸 알고 있었다. 같은 사실을 알고 있던 박 대리와 합심하여 바로 잡았어야 했다. 설령 전무가 기분 나빠할 수 있지만, 회사를 생각하면 그렇게 하는 게 맞았다. 하지만 나는 그렇게 하지 않고 회사를 나와 버렸다. 부딪히며 바로 잡기보다 회피하고 도망치는 걸 택했다. 용기를 내지 않은 대가는 나도 그와 비슷한 사람이 되어 갔다는 것이다. 두 딸에게 그와 비슷한 행동을 하고 있으니 말이다. 말은 하는 사람 기준이 아닌,

듣는 사람을 기준으로 하라고 했다. 내가 하고 싶은 말이 상대 방이 듣고 싶은 말인지 먼저 생각해 보고 난 뒤 말하라는 의미 이다. 그렇지 않은 말은 소음일 뿐이다. 상대방에게 꼭 필요한 말을 하고 있는지, 아니면 소음을 내뱉는 건 아닌지 다시 한 번 생각했다.

'다르다'는 '비교되는 두 대상이 서로 같지 아니하다'라는 뜻 이고, '틀리다'는 '셈이나 사실 따위가 그르게 되거나 어긋나다' 라는 의미이다. 때때로 두 의미를 반대로 사용한다. 특히 세대 간의 차이는 틀림이 아닌, 다름으로 이해해야 한다. 이해하면 상대를 인정하게 된다. 다툼이 생기는 건 상대를 인정하지 않기 때문이다. 서로를 인정하고 차이를 존중하면 자연히 다툼도 줄 고 갈등도 사라질 거라 믿는다.

이미 벌어진 일 따지면 뭐해요

상대방이 실수를 했을 때 잘못을 지적하는 사람이 있다면, 실수를 해도 좋은 게 좋은 거라며 얼렁뚱땅 넘기는 사람도 있다. 나는 후자였다. 손해를 볼지언정 남에게 싫은 소리를 못하는 성격이었다. 그런 말주변 때문에 손해를 입어도 제대로 된 한마디를 못했다.

한 번뿐인 신혼여행, 평생 잊지 못할 추억을 남기고 싶었고, 바람대로 이루어졌다. 추억(?)은 신혼여행을 준비하면서부터 차곡차곡 쌓이고 있었다. 2008년 11월 결혼식을 올렸다. 신혼여행은 결혼식 다음 날 출발하기로 했다. 우리는 외부활동보다 편안한 리조트에서 쉬는 걸 선택했다. 군이 여행사 패키지를 선택할 이유가 없었다. 항공권과 숙소만 예약하면 될 것 같았다. 웨딩 플래너가 예식 전체를 계획하고 돕는 역할을 한다면, 나처럼 자유 일정으로 여행할 수 있게 돕는 게 '여행 플래너'라고 들었다. 온라인을 통해 알게 된 여행 플래너에게 우리가 계획한 일정을 문의했다. 플래너는 가장 저렴한 항공권과 최상의 서비스를 받을 수 있는 숙소를 대신 예약해 줬다. 또, 4박 5일 동안 숙소에만 있으면 지루할 수 있으니 한두 번 정도는 외부 일정을 넣는 걸 추천했다. 대신 몸을 적게 쓰는 활동으로 부탁했다. 숙소에서 차를 타고 이동해 크루즈에서 석양을 감상하며 저녁을 먹는 일정을 추천했다. 저녁 한 끼니는 분위기 잡고 배불리 먹어보자고 의견을 모았다. 그렇게 출발하기 3개월 전 일정을 확정지었다.

2008년, 환율이 심상치 않았다. 연초 미국발 경제 위기가 전 세계를 덮쳤고, 우리나라도 피해 가지 못했다. 결혼식이 다가올수록 환율은 요동치고 있었다. 환율은 신혼여행에 직격탄을 날렸다. 꾸준히 오른 환율은 10월에는 1,300원대가 되었다. 8월에 예약한 항공권은 출발 전 20%를 더 내야 했다. 달러로 지불될 숙박비를 계산해 보니 예약 때보다 50% 이상 올랐다. 당연히 현지에서 쓸 경비도 금액이 커질 수밖에 없었다. 11월 환율은 1,500원대까지 치솟았다. 다른 일정을 안 넣길 잘했다고 애써 위로했다. 마음 같아서는 취소 수수료만 없다면 여행을 미룰 생각도 했었다. 결국 취소 수수료가 아까워 무거운 두 발을 끌며 비행기에 올랐다.

숙소에 짐을 풀었지만, 마음은 편치 않았다. 1만 원이면 먹을 수 있는 한 끼를 1만 5천 원을 내야 한다고 생각하니 지갑 열기가 망설여졌다. 그래도 이왕 온 거니 편히 즐기다 가기로 마음먹었다. 대신 쓸데없는 지출은 최소화했다. 크루즈 디너도 취소하고 싶었지만, 그것마저 없으면 추억으로 남길 만한 게 없을 것 같았다. 그러니 기대감이 더 클 수밖에 없었다. 크루즈 디너는 둘째 날이었다. 첫날은 숙소에서 보냈다. 둘째 날 오전은 수영장과 해변을 오가며 여유를 만끽했다. 점심을 먹은 후 외출복으로 갈아입고 플래너가 알려준 시간에 로비로 나갔다. 입구에서 기다리고 있으면 현지 가이드가 나를 찾을 거라고 했다. 가이드가 우리를 크루즈까지 태우고 가는 방식이었다.

10분 늦는 건 그럴 수 있다고 여겼다. 20분까지는 도로 사정 때문이겠지 생각했다. 30분 째 되니 슬슬 불안했다. 로비 안팎을 오가며 현지인에게 물어보기도 했지만, 우리를 태우러 온 사람은 없었다. 1시간 째 기다렸지만 아무도 나타나지 않았다. 출발 전 플래너에게 시간만 확인하고 현지 가이드의 연락처를 따로 받지 않았다. 이럴 일이 생길 거라 전혀 짐작하지 않았다. 하는 수 없이 한국에 있는 플래너에게 전화를 걸었다. 전화를 받자 놀라는 눈치였다. 웬만해선 이런 일이 생기지 않기 때문이다. 내 상황을 전달하고 전화를 끊자 잠시 뒤 전화가 왔다. 현지 여행사 실수로 우리가 명단에서 빠졌다고 한다. 예약된 시간도 지나서 일정은 취소할 수밖에 없었다. 대신 다른 일정을 추천했다. 낯선 곳이고, 얼굴 보고 따질 여건도 안 되니 조용히 들었다. 하고 싶은 게 있어도 환율 때문에 참아야 했다. 대신 크루즈 디너로 위안으로 삼으려 했었다. 한국이었다면 불이 나게 전화하며 어떻게든 했겠지만, 말도 안 통하는 나라에서 내가 할 수 있는 건 한계가 있었다. 플래너에게 전화도 하지 않으려고 했었다. 이미 벌어진 일, 묻고 따져봐야 바로 잡을 수 없을 것 같았다. 어쩌다 운이 없었나 보다고 생각하면 그만이었다. 혼자 있었다면 그렇게 넘어가고 말았을 거다. 영문을 모르는 아내에게 설명하기 위해서라도 플래너에게 물어봐야 했다. 그녀는 연신 사과를 했다. 나도 괜찮지 않았지만, 괜찮다고 말했다. 전화기를 붙잡고 잘잘못을 따져봐야 감정만 상할 뿐이었다. 대신 다음 날 오후 가이드와 발리의 관광지를 다녀오는 건 어떤지 물었다. 아무

것도 안 하고 가는 것보다 그거라도 하는 게 낫겠다 싶었다. 다음 날 약속 시각을 알려주었고, 그녀의 사과를 마지막으로 통화를 마무리했다.

내가 잘못한 일은 나를 탓하면 그만이다. 상대방이 잘못한 일로 내가 피해를 본다면 상대방이 바로잡아야 한다. 그때 나는 무엇이 잘못되었는지, 어떤 부분을 바로 잡고 싶은지 분명하게 표현해야 했다. 바로잡는 기준은 실수한 사람이 아닌, 피해를 본 사람이어야 한다. 손해를 입은 사람에겐 당연한 권리이다. 아니 권리를 주장하지 않아도 당연히 바로잡아 주어야 한다. 나는 내 목소리를 내지 못했다. 상대방을 지나치게 배려한 나머지 내가 바라는 걸 말하지 않았다. 설령 내 뜻이 반영되지 않아도, 잘못을 바로잡기 위해서라도 할 말은 해야 했다. 그때는 그걸 몰랐다. 좋으면 좋은 대로, 싫으면 싫은 대로. 내 주관보다 타인의 시선을 더 신경 쓰고 살 때였다. 그런 우유부단함 때문에 평생 한 번뿐인 신혼여행에 잊지 못할 추억을 남겼다.

타인의 시선을 의식하지 않고 살 수는 없다. 어느 정도 눈치를 봐야 불필요한 실수를 줄일 수도 있다. 하지만 지나치게 의식하다 보면 오히려 상대를 불편하게 만들기도 한다. 시선을 의식하는 건 어디까지나 타인을 배려하는 선에서 그쳐야 한다. 부당한 일에도 상대를 배려하려 할 말을 하지 않는 건 틀린 길인 걸 알면서도 끝까지 가겠다는 고집으로밖에 보이지 않는다. 배려도 좋지만, 적어도 할 말을 해야 하는 상황에서는 당당하게 말하는 용기도 잘 사는 방법 중 하나라 생각한다.

8

나 좀 놔 줘요!

'순간의 선택이 평생을 좌우한다'는 광고 문구가 있다. 어떤 결정을 하느냐에 따라 이후의 삶이 달라질 수 있다는 의미이다. 모든 선택에는 '불확실'이라는 그림자가 따라붙는다. 선택 앞에 망설여지는 것도 이놈의 그림자 때문이다. 그렇다고 떼어낼 수도, 떨어지지도 않는다. 불확실을 덜어낼 수 있는 유일한 방법은 선택을 믿고 될 때까지 밀고 나가는 것이다. 이런 의미를 진작 알았다면 허송세월을 보내지 않았을 수도 있었다. 선택을 믿지 않고, 불확실에 발목 잡혀 20대를 오롯이 허비했었다.

최종 임원 면접이 있는 날이었다. 1, 2차 면접을 통과한 나를 포함해 4명이 같은 자리에 있었다. 채용 공고에 올라온 모집 직종과 남은 4명이 일치했다. 합격을 짐작해도 무리가 아니었다. 임원 면접에는 지원자 4명과 대표, 임원 2명이 한 공간에 마주 앉았다. 질문은 주로 대표가 했다. 일상적인 수준의 질문이었다. 한 사람에게 한 두 개의 질문을 던진 뒤 자신의 이야기를 꺼냈다. 회사 설립부터 지금의 위치에 오기까지의 이야기를 들려주었다. 넋을 놓고 들었다. 이야기를 듣는 내내 몸속 피가 평소보다 빠르게 도는 것 같았다. 가슴이 뛰었다. 하고 싶은 말이 혓바닥을 간지럽혔다. 용기를 냈다. 하고 싶은 말이 있다고 손을 드는 자체가 낯선 모습이었다. 모두의 시선을 받으며 꺼낸 말이 면접을 포기하겠다고 말했다. 장황하게 사연을 늘어놓았지만, 옆자리 지원자도 어이없어하는 눈치였다. 여기까지 어떻게 올라왔는데 이렇게 쉽게 포기하냐고 말하는 것 같았다. 대표는 어이없는 표정을 지었다. 순간 내가 잘못한 건가 싶었다. 대표는 내 이야기를 다 듣고도 별다른 말이 없었다. 옆에서 듣고 있던 지원자의 표정에서도 황당해하는 걸 볼 수 있었다. 이미 뱉어버린 말이라 주워 담을 수 없었다. 내 이야기를 끝으로 면접은 마무리됐다. 면접장을 나서며 넥타이를 풀었다. 어울리지 않는 넥타이를 매고, 하고 싶은 일을 외면한 채 해야 할 일을 찾고 있었다. 목을 조이던 넥타이를 푸니 한결 가벼웠다. 나를 기다리는 사무실로 돌아갔다. 며칠 동안 면접을 보러 오고간 건 나 혼자만의 비밀로 덮어두기로 했다.

다시 몇 달 허송세월을 보내고 있었다. 의욕은 넘쳤지만, 세상은 호락하지 않았다. 무슨 일을 어디서부터 어떻게 해야 할지 몰랐다. 나도, 대표도 갈피를 못 잡고 있었다. 숙식이 가능한 오피스텔에서 합숙하며 말 그대로 놀고먹는 날이 이어졌다. 누구도 서로에게 아무 말 안 했다. 할 말이 없었다. 눈치만 보며 차려주는 밥을 먹고, 나머지 시간은 각자의 자리에서 게임과 뉴스 서핑으로 하루를 보냈다. 탄탄한 중견 기업 채용을 눈앞에 두고 무슨 객기로 이를 걷어차고 나왔는지 나 자신이 한심했다. 후회한들 되돌릴 수 없었다. 다시 다른 일을 찾아봐야 하나? 고민을 이어 가고 있었다. 다시 다른 일을 해야겠다고 마음먹은 건 돈 때문이었다. 1년 넘게 월급을 못 받았다. 숙식 제공으로 월급을 대신했다. 돈이 필요했다. 전공과 상관없이 월급을 많이 받는 일을 찾았다. 온라인 취업 사이트에 모든 직업군을 다 뒤졌다. 눈에 띈 직업이 있었다. '수행기사'. 군대 제대 후 아르바이트를 알아보다가 수행기사만 전문으로 알선하는 중개업소가 있는 걸 알고 있었다. 전공이나 학력을 따지지 않았다. 성격이 무던하고,

외모는 단정하고, 눈치가 빠르면 어렵지 않게 적응할 수 있다는 걸 알고 있었다. 여러 곳에 지원했다. 얼마 뒤 모 벤처기업에서 면접 연락을 받았다. 이번에도 미리 알리지 않고 면접을 봤다. 운이 좋았는지 한 번에 합격했다. 정식 출근 날이 정해졌고 인수인계까지 받았다. 전임자와 하루 동안 함께 다니며 동선을 확인하고 필요한 절차를 익혔다. 오후에는 연습 삼아 직접 운전하며 CEO의 일정을 수행했다. 밤 9시가 넘어서 일정이 마무리되었고 다음 주 출근을 약속한 뒤 퇴근했다.

10시가 넘어 사무실로 돌아왔다. 금요일 밤이라 식탁에 둘러앉아 술자리가 이어지고 있었다. 함께 생활하다 보니 그냥 잘 수 없어 빈자리에 앉았다. 술잔이 돌자 대표는 말이 많아졌다. 앞으로의 계획을 술술 풀어냈다. 계획은 늘 거창했다. 거창한 계획은 단 한 번도 제대로 성과를 내지 못했다. 더는 믿고 싶지 않았다. 그래서 나도 내 살 길을 찾기 위해 면접을 봤던 거였다. 같은 자리에 있었지만, 건성으로 들었다. 어차피 나는 다음 주면 이 자리에 없을 거였다. 술자리가 무르익을수록 대표의 설득이 시작되었다. 나에겐 익숙했다. 대표는 회사 때문에 불안해할 나를 수시로 설득했다. 지금껏 그 말을 믿고 2년 넘게 함께하고 있었다. 이제는 결단을 내릴 때라 결심했다. 그 자리에서 출근이

예정되어 있다고 말하려고 했다. 더는 함께하기 어려울 것 같다고 말하려고 했다. 내가 주저하고 있는 걸 눈치라도 챈 듯 말할 기회를 주지 않았다. 대표는 내가 면접을 본 걸 아는 것 같았다. 면접에 관해 직접 말하지는 않았다.

다음 날 오전, 퀵 서비스를 불렀다. 가지고 있던 차 열쇠를 돌려보냈다. 다리를 다쳤다는 어설픈 핑계로 출근하지 못한다고 알렸다. 그렇게 또다시 스스로 기회를 날려 버렸다. 나는 다시 일을 시작했다. 그 뒤로 2년을 더 함께 일했다. 업종을 바꿔가며 근근이 이어 갔다. 지인의 지인을 그러모아 회사 덩치도 키웠다. 이래도 되나 싶을 정도로 무리하게 사업을 확장했다. 어느 날은 수천만 원짜리 인쇄기계를 들이더니, 또 어느 날은 수백만 원 하는 컴퓨터를 사들였다. 매출이 조금씩 생기긴 했지만, 10여 명의 직원을 건사하기엔 벅차 보였다. 그렇게 몇 개월 버티다 어느 날 밤 아무런 설명도 없이 대표는 야반도주했다. 그게 내 인생 중 4년 반을 투자한 결말이었다. 돌이켜 보면 후회가 된다. 처음 면접 본 중견기업에 입사했으면 어땠을까? 그 기업은 여전히 건재해 있다. 하지만 그때는 내 의지대로 포기했다. 다시 두 번째 직장에 입사했다면 어땠을까? 월급도, 복지도 괜찮은 조건이었고, 무엇보다 내 시간을 가질 수 있었다. 그때 CEO는 2~3년 정도 함께 있으면서 스스로 자립하면 그만두어도 된다고까지 말했었다. 어쭙잖은 설득에 흔들리지 않았다면 분명 다른 길을 가고 있었을 거다. 그러나 선택은 온전히 내 몫이었다. 말하지 않는 건 나 자신이었다. 할 말을 하지 않은 덕분에 4년 반을 날리긴 했지만, 그것도 내 몫일 뿐이다. 말하지 않은 대가치고는 너무 긴 시간을 잃었다.

현재 자신의 모습은 그동안 내린 선택의 결과다. 지금 모습이 만족스럽다면 후회 없는 선택을 했다는 의미이고, 그렇지 않다면 선택에 미련이 남을 것이다. 결과를 미리 알고 선택하는 경우는 없다. 불확실하지만 자신의 선택을 믿는 게 그 순간 최선이다. 만약 자신의 선택을 믿지 못해 머뭇거리거나 다른 선택을 했다면, 그에 따른 결과도 온전히 자신의 몫이다. 옳든 그르든 더 중요한 건 내 선택의 결과를 남 탓으로 돌려서는 안 된다. 남 탓은 결과에 책임지지 않겠다는 의미이다. 내 인생을 내가 책임지지 않는다면 스스로에게 미안하지 않을까? 선택의 순간, 결과를 알 수 없다면 적어도 스스로에게 부끄럽지 않는 선택을 하는 게 자신의 삶에게 덜 미안해지는 거라 생각한다.

제2장

오해 없이
이해한다는 것

침묵으로 해결되지 않는 것

　침묵이 필요한 순간은 언제일까? 여러 상황이 있겠지만, 적어도 사람 사이에 다툼이 있을 땐, 침묵은 독이 되는 것 같다. 습기가 많고 환기가 안되는 곳에 곰팡이가 피듯, 다툼 뒤 이어지는 침묵은 관계를 썩게 하는 곰팡이일 뿐이다.

　고등학교 3학년, 졸업을 앞두고 취업과 대학 진학으로 진로가 나뉘었다. 취업을 나간 친구는 사회생활을 시작했고, 진학을 준비하는 친구는 입시 공부에 열을 올렸다. 각자의 자리에서 일상을 보내다 한 번씩 학교에서 호출을 받는 날이 있었다. 졸업이 얼마 남지 않은 때라 그 한 번의 만남이 소중했다. 고등학교 입학 후 졸업까지 줄곧 한 반에서 3년을 같이 보낸다. 집에 있는 시간을 제외하면 가장 오래 함께 하는 사이다. 정이 안 들 수 없었다. 입학 후 처음 며칠은 어색했다. 잠시 서로 탐색하는 시간을 가진다. 탐색 이후 경계의 빗장이 풀리면 언제 그랬냐는 듯 죽고 못 사는 사이가 된다. 같은 반 54명이 모두 똑같이 친할 수는 없지만, 그 사이에서도 유난히 친하고 정이 가는 친구들이 있기 마련이다. 마음이 통하는 친구 따로, 취미가 맞는 친구 따로, 내 말을 잘 들어주는 친구 따로, 이렇게 각각의 상황에 따라 죽이 맞는 친구가 있었다. 그러니 함께 있는 시간이 지루할 틈이 없었다. 간혹 어울리지 못하는 친구도 있다. 자신의 세계관이 뚜렷해 친구를 사귀지 않는다. 붙임성이 좋은 친구가 먼저 손을 내밀어 보지만, 선뜻 잡지 않는다. 그런 친구도 죽이 맞는 친구가 있기 마련이다. 그들은 그들 나름대로 우정을 쌓는다. 그렇게 따로, 또 같이 어울리며 3년을 하루같이 보냈다.

입학 후 처음 몇 달은 간혹 다툼도 있다. 서로의 성격을 파악하는 과정에서 생기는 마찰이다. 큰 싸움으로 이어지기도 하지만, 이내 더 가까운 사이가 되기도 한다. 자잘한 싸움을 끊이지 않고 이어가는 친구도 있다. 쓸데없는 자존심만 강해 쓸모

없는 감정의 날을 세우는 친구다. 티격태격하면서 잔정이 들기도 한다. 다툼은 서로 이해하는 데 가장 효과적인 방법이다. 각자의 다름을 드러내고, 상대방의 다름을 이해해 가는 과정이다. 자주 다툴수록 이해의 폭이 깊어지는 건 당연했다. 나는 말수가 적었다. 주로 상대방의 말을 듣는 편이다. 내 의견과 달라도 그 자리에서 드러내지 않았다. 속으로 삭이고 만다. 굳이 끄집어내 다툼의 빌미가 되는 게 싫었다. 나를 공격하지 않으면 나도 공격하지 않는다. 웬만한 공격은 그냥 넘기고 만다. 그랬던 나도 한 친구와 날선 싸움이 있었다.

1학년, 학교 곳곳에 장미꽃이 활짝 폈을 때였다. 하굣길 버스를 타러 가면서 생긴 일이었다. 심각한 질문은 아니었지만, 상대적으로 퉁명스럽게 답하는 친구의 모습이 꼴보기 싫었다. 나도 같이 쏘아붙이며 말다툼이 시작됐다. 몸싸움까지는 아니었지만, 말을 할수록 감정이 격해졌고 주변 친구의 중재로 상황은 마무리되었다. 친구의 행동을 이해할 수 없었다. 그렇다고 그 친구가 거친 욕을 내뱉은 것도 아니었다. 나도 다툼이 생긴 그 순간, 친구의 행동이 거슬렸던 것뿐이었다. 다음날 교실에서 마주쳤지만 모른 척했다. 전날의 앙금이 남아 있었다. 먼저 사과하면 안 될 것 같았다. 다음 날도 마찬가지였다. 내가 외면할수록 친구도 나를 모른 척했다. 이틀, 사흘, 한 달이 가도 둘 사이는 침묵이 가로놓였다. 시간이 지날수록 처음 싸웠던 이유는 이미 잊었다. 먼저 말을 걸면 안 된다면 자존심만 남았던 것 같다. 다시 한 달, 두 달, 육 개월이 흘렀고, 결국 2년 반을 한마디도 안 하며 지냈다. 그러는 동안 서로 의식하며 피해서였는지 옆자리에 앉는 일도 없었다. 언제나 적당한 거리를 두고 서로 외면하는 척하고 있었다.

졸업을 앞둔 마지막 학기에는 학교에 가지 않았다. 현장 실습을 위해 취업을 했다. 취업 나간 회사를 잘 다니고 있는지 한 달에 한 번 확인서를 들고 학교를 찾았다. 매일 봐서 덤덤했던 친구도 한 달에 한 번 보니 시든 꽃에 물을 뿌리듯 생기가 돌았다. 한 달 동안 직장에서 받은 스트레스를 친구들과 풀 기회이기도 했다. 오랜만에 만나는 효과는 대단했다. 데면데면했던 친구도 그때만큼은 친한 척하는 게 용서가 됐다. 그런 분위기에 휩쓸리다 보니 2년 반을 모른 척했던 친구와도 자연스레 안부를 묻게 되었다. 반가움에 누가 먼저랄 것도 없이 말을 걸었다. 정작 싸운 이유는 잊혔다. 한편으로 침묵에 익숙해져 외면했던 그 시간이 아까웠다. 다툼이 있고 난 뒤, 만약 둘 중 아무나 먼저 말을 걸었다면 긴 시간 동안 침묵할 일은 없었을 거였다. 괜한 자존심과 속 좁은 행동 탓에 2년 반의 추억을 홀라당 날려 버린 꼴이었다.

　이유가 있어서 싫어하는 사람도 있고, 싫은 이유도 잊고 멀어진 사람도 있다. 이유가 있건 없건 입을 닫고 있는 건 빨랫감을 잔뜩 쌓아놓고 있는 것과 같다. 입었던 옷은 깨끗하게 빨아서 새 옷처럼 입을 수 있다. 입은 옷을 빨지 않으면 퀴퀴한 냄새가 나고 옷감도 빨리 상한다. 다툼이 생겼을 때 서로의 감정을 솔직하게 털어내야 빨지 않은 옷에서 나는 꼬리한 냄새가 안 난다. 오해로 시작된 다툼은 솔직한 대화를 통해 서로를 이해할 수 있다. 침묵은 오해의 벽을 견고히 할 뿐이었다.

"오해로 넘어가는 문턱은 낮고,
이해로 넘어오는 문턱은 높습니다."

≪당신이 숨기고 있는 것들≫ 정도언

2

대화를 하다 또 삐걱댄다

고치고 싶은 습관이 있다. 대화 중 불쑥 튀어나온다. 이해관계로 엮인 사이에서는 덜 그런다. 가족 사이에는 특히 심하다. 대화 내용이 거슬리면 입을 닫는다. 내 생각과 다르게 말하거나 단정 짓는 식의 말을 하면 특히 더 신경을 세운다. 상대방도 예상치 못한 내 반응에 놀라기도 한다. 그런 대화의 결말이 안 좋은 건 당연하다. 망치질을 많이 당한 쇠가 단단해진다. 고치고 싶은 습관도 마찬가지인 것 같다. 계속 부딪히며 잘못을 바로잡고 고쳐나가는 노력에 따라 대화의 태도도 나아지리라 생각한다.

"괜찮다니까요, 알지도 못하면서 그렇게 단정 지어 말씀하지 마세요."

입에서 나오는 말은 이미 내 통제를 벗어났다. 최대한 마음을 가라앉히고 말하려고 했지만, 어머니의 말투에서 그만 폭발하고 말았다. 1년 가까이 식단관리를 하며 안 좋은 음식을 멀리하고 있었다. 건강에 도움이 되는 음식으로, 먹는 양을 줄여 규칙적으로 먹고 있었다. 건강검진을 받아보진 않았지만, 몸무게도 줄고, 피로감 없어지고, 활동량도 늘어 이전과 비교해 나아지는 게 느껴졌다. 물론 정확한 건 검진을 받아야 봐야 알겠지만, 어머니는 마치 당신이 나에 대해 다 아는 것처럼 단정 짓는 표현을 해서 나는 순간 화가 났다. 어머니가 자식 건강을 특히 챙기는 이유를 모르는 건 아니다. 큰아들을 잃은 게 당신 탓이라 여기신다. 그 심정을 온전히 이해하진 못하지만, 나도 형을 잃으며 다짐했었다. 내 건강은 스스로 챙기겠다고. 그런 결심을 어머니에게 보이진 않았다. 그걸 모르고, 또 내가 어떻게 사는지 모르니 걱정된 마음에 지레짐작해 말씀하셨을 수도 있다. 또다시 당신의 자식이 건강을 잃는 걸 보고 싶지 않아서일 수 있다. 하지만 어머니의 대화 방식은 이해하기 힘들었다. 내 생각을 말하고 어머니의 생각을 들으면서 간격을 좁혀 볼 수도 있었다. 정작 중요한 건 그런 대화가 먼저이지 아닐까 싶다. 어머니와 대화가 줄어든 것도 이런 이유였다.

　부모님은 자식의 모든 걸 챙겨야 할 의무가 있다고 생각하셨던 것 같다. 맞는 말이다. 자식이 스스로 설 수 있도록 돕는 게 부모의 역할이다. 하지만 딱 거기까지 만이다. 군대에 가기 전까지 나도 부모님 말씀을 들어야 했다. 군대를 다녀와 독립하면서 생각과 행동이 바뀌었다. 나 자신을 책임지고 싶었다. 부모님은 이런 내 뜻과는 상관없이 언제나 품속 자식으로 여겼다. 혼자 사는 자식이니 하나부터 열까지 신경 쓰이는 건 어쩔 수 없는 가 보다. 어쩌다 한 번 집에 가면 잔소리 같은 걱정을 늘어놓으신다. '밥은 잘 챙겨 먹고 다니니', '돈 번다고 함부로 쓰고 다니면 안된다', '운전할 땐 천천히 조심해서 하고.' 틀린 말은 하나도 없다. 나이가 많고 적고를 떠나 누구에게나 필요한 조언이다. 특히 부모가 자식을 걱정할 때 나이는 중요하지 않다. 결혼을 준비하면서도 어머니의 잔소리와 간섭으로 갈등이 깊었다. 삼 형제 중 막내인 내가 형들을 제치고 제일 먼저 장가를 가는 게 마음에 걸렸던 것 같다. 하나부터 열까지 간섭했다. 물론 집안에서 처음 치르는 경사니, 신중을 기하고 싶은 마음이었을 수도 있다. 어머니의 마음을 이해하지 못한 건 아니었다. 문제는 내 말을 전혀 들으려 하지 않았다는 점이다. 언제나 당신의 판단과 결정이 옳다며 뜻을 굽히지 않았다. 결정이 필요한 문제를 상의하기 위해 대화를 시작하면 이미 답을 정해 놓고 통보하는 식이었다. 내 의견을 듣기도 전에 이미 어디서 누구에게 듣고 온 말로 결론이 나 있었다. 상견례를 위해 날짜를 잡는 것도 그랬고, 결혼식 날짜를 정하는 것도 그랬고, 결혼식을 준비하는 모든 과정에서 그랬다. 그런 대화들이 쌓이면서 나 스스로 입을 닫게 되었다. 중·고등학교 때부터 말수가 적기도 했지만, 결혼 이후 지금까지도 어머니와는 마음을 터놓고 대화해 본 적이 없었다.

대화는 상호작용이다. 내가 말할 땐 상대방이 듣고, 상대방이 말하면 내가 들어주며 반응해야 한다. 주고받으며 이견을 좁혀 결론을 내기도 하고, 한쪽의 무거운 마음이 가벼워지기도 한다. 나도 그걸 바랐을지 모른다. '답정녀'식 대화로 이어지면 더는 말하는 게 소용없다고 스스로 결론을 낸다. 그때부터 입을 닫고 자리를 피하거나 가만히 듣고만 있다. 이런 나를 보고 어머니는 따져 묻기도 했었다. 하고 싶은 말을 하라며 몰아붙이기도 했다. 그럴수록 나는 더 입을 닫았다. 그런 식으로 자리가 끝나면 마음에 돌덩어리 하나 얹은 기분이다. 나와 성향이 다른 사람은 이런 때 감정을 숨기지 않고 문제를 해결하려는 대화를 시도한다. 또 다른 싸움이 되더라도 그 자리에서 해결하려고 한다. 어떤 방법이 맞는지 단정할 수는 없다. 나는 내 감정을 다스리기 위해 대화 중 침묵을 선택했다. 이런 성향은 직장이나 대인 관계에서 드러나기도 한다. 일을 하다 보면 언쟁도 한다. 발전적인 결과를 위한 거라면 얼마든지 부딪히며 대화해야 한다. 그렇지 못한 소모적인 내용은 차라리 입을 닫고 그 자리를 피하는 게 낫다고 생각한다. 나도, 상대방도 조금 떨어져 상황을 봐야 할 필요가 있다. 내 행동을 이해하지 못하는 사람은 나를 불편해한다. 그걸 알지만 쉽게 고쳐지지 않는다. 섣부르게 고쳐보려고 이 말 저 말 했다가 낭패를 본 적도 있어 더 조심스럽다. 갖고 싶은 좋은 습관도 하루아침에 만들어지지 않듯, 고치고 싶은 습관도 시간이 걸릴 수밖에 없다. 그래도 이렇게 쓰면서 반성하고 다시 노력하며 조금씩 나아지고 있다고 믿는다. 남에게 잘 보이기 위한 게 아닌 만큼 시간이 걸려도 내가 바라는 나를 만들어가고 싶다.

'무용지물'은 쓸모없는 물건이나 쓸 만한 능력이 없는 사람을 일컫는 말이다. '유용지언'은 쓸모없는 말은 없다는 의미로 내가

만든 말이다. 부모가 자식에게 하는 말 중 쓸모없는 말은 없다. 밥은 잘 먹는지, 돈은 아껴 쓰는지, 운전은 조심히 하는지, 사소한 것 같지만 그 안에는 부모의 걱정과 마음이 담겼다. 세상에 일어나는 모든 일에 당연한 건 없다고 한다. 저마다 의미가 있고 이유가 있다. 부모가 건네는 잔소리도 작은 일을 소홀히 하면 큰일을 당할 수도 있다는 마음에서다. 부모의 말이 쓸모없다고 지나칠 게 아니라 그 말에 담긴 의미를 알지 못하는 자신을 먼저 돌아봐야 한다고 생각한다. 자신을 먼저 되돌아보는 게 단점을 바로잡는 시작일 테니 말이다.

털어내지 못하는 말솜씨

'낄끼빠빠'라는 은어가 있다. '낄 때 끼고, 빠질 때 빠진다'는 의미로 분위기 파악이 필요할 때 사용하는 말이다. '낄끼빠빠'만 잘해도 사회생활 잘한다는 소리 듣고, 가정에서는 다정하고 자상한 부모가 될 수 있다고 생각한다. 나는 낄 때 안 끼고, 빠질 때 끼어드는 눈치 없는 말솜씨를 갖고 있었다.

경력직으로 입사해서 한 달도 안됐을 때다. 입사 초기에는 주변의 눈치를 보게 된다. 깐깐한 팀장은 존재만으로도 분위기를 짓누른다. 통화 내용도 가만히 듣고 있다가 꼬투리만 잡히면 잔소리를 한다. 구매 과정에서 상대방에게 내 패를 보이지 않는 것도 중요했지만, 팀장의 눈치를 보는 게 더 힘들었다. 업무 중간에 거래처도 자주 찾아온다. 볼일이 있어 들르는 이도 있고, 지나다 인사차 얼굴 보이는 이들도 있다. 신규 거래 업체는 한 번의 방문도 기회라고 생각해 정성을 다한다. 그날도 통화만 하던 신규업체 담당자가 직접 찾아왔다. 접견실에서 이런저런 이야기를 나누다 보니 1시간이 지났다. 보통은 10분 내외로 끝낸다. 용건 말고 사담은 안 하는 게 일종의 규칙이다. 대화가 잘 통해 할 말 안 할 말 다하다 보니 시간이 길어졌다. 눈치를 보며 자리에 돌아오니 기다렸다는 듯 팀장의 잔소리가 이어진다. 쓸데없이 시간을 낭비한다는 말까지 들었다. 내가 생각해도 자리를 비운 시간이 너무 길었다. 쓸데없이 말을 많이 한 탓에 이미지만 까먹고 말았다.

내가 을이 되어 거래처를 방문하는 때도 있다. 혼자 방문하면 할 말만 하고 일찍 자리를 끝낸다. 상사와 같이 방문할 때는 상대방의 친밀도에 따라 식사자리로 이어지기도 한다. 계획하고 만난 자리이지만, 어색하고 불편한 건 여전히 적응되지 않는다. 밥을 먹는 자리에서는 일 이야기도 하지만, 사적인 대화도 오간다. 적으면 세 명, 많으면 네댓 명이 식사하면 다양한 내용을 주고받게 된다. 이런 자리에선 입이 쉽게 떨어지지 않는다. 친밀감이 적은 것도 있지만, 말주변이 없어 어떤 내용을 어떻게 꺼내야 할지 모른다. 밥 먹는 내내 객식구처럼 식사만 하면서 눈만 껌뻑이고 있다. 정작 대화가 필요한 순간이지만, 말솜씨가 없어 존재감이 연기처럼 사라져 버린다.

'할많하않'이라는 말이 있다. '할 말은 많지만 하지 않는다'라는 의미이다. 가족끼리는 못할 말이 없다고 한다. 서로의 흉도 보고, 거칠게 싸우기도 하고, 한 없이 다정한 말을 건네는 게 가족이다. 가족 간의 친밀한 정도는 대화의 양과 내용의 깊이에 따라 달라진다고 생각한다. 당연히 양이 많아질수록 내용도 깊어진다고 믿는다. 밖에서는 말을 줄여도 가족에게만큼은 말이 많은 게 당연할 테다.

아내와 결혼 전에는 말이 많았다. 연애 초기 상대방의 마음을 얻기 위한 일종의 몸부림 같은 것이었다. 시시때때로 문자를 보내고 틈만 나면 통화를 한다. 잠들기 전 한두 시간은 낮 동안 못했던 말들을 풀어놓는다. 어쩌다 새벽까지 이어지기도 한다. 그렇게 할 말 안 할 말 하면서 셀 수 없이 많은 대화 끝에 결혼까지 이어질 수 있었다. 불행히도(?) 말이 많은 사람을 만나고 싶었다는 아내는 말이 적은 나와 결혼하게 되었다. 결혼하고 어느 순간부터 삶이 현실이 되면서 말수도 줄어든 것 같다. 연애할 땐 싸우면 어떻게 될까 싶어 참고 이해하고 넘겼던 것들이 결혼 후에 하나씩 다툼으로 이어지게 되었다. 그때마다 나는 싸우며 풀기보다 입을 닫는 걸 해결책으로 선택했다. 하고 싶은 말을 다 하며 서로에게 상처를 주는 것보다, 하고 싶은 말을 하지 않고 두루뭉술하게 넘어가는 걸 택했다. 그 시간은 결국 서로 이해하기보다 오해만 쌓이게 했다.

중학생이 된 보민이는 학교, 학원 외에는 집에 있는 걸 즐긴다. 초등학생 땐 혼자 외출 하는 걸 허락하지 않았다. 중학생이 되면서 억지로 막을 수가 없었다. 외출을 막는 건 친구들과 만나는 걸 인정하지 않는 것 같았다. 주중에 빡빡한 일정을 보내고 주말에는 친구들과 어울리며 스트레스를 푼다고 여겼다. 문제는 가족과 함께하는 외출도 꺼린다는 거다. 어쩌다 한 번 동네 산책하러 나갈 때면 입부터 굳게 다물고 따라나선다. 내 딴에는 친밀감을 표현하고 싶어 이것저것 묻지만, 단답식 대답만 돌아온다. 사춘기를 지나는 중이라 이해해 보려고 하지만 낯설고 때론 배신감도 든다. 함께 다니는 중에도 친구와 통화를 시작하면 언제 그랬냐는 듯 생기를 되찾는다. 엄마 아빠가 옆에 있어도 아랑곳하지 않고 대화에 빠져 있다. 물론 그 나이 때는 친구만큼 말이 통하는 상대가 없다는 건 인정한다. 나도 보민이 나이 때부터 가족과의 대화가 줄었던 것 같다. 사춘기를 보내며 하고 싶은 말을 가족이 아닌 친구를 선택해서 하게 되었다. 아마 가족에게 이런저런 불만이 생기기 시작했던 것 같다. 그런 감정을 말로 푸는 대신 입을 닫고 친구를 찾았다. 시간이 지나고 보니 그때 그렇게 행동했던 게 후회됐다. 후회된다는 걸 보민이에게 말해 주고 싶지만, 잔소리가 될까 조심스럽다. 내가 느꼈던 후회의 감정을 딸이 똑같이 느끼지 않길 바랄 뿐이다.

콘체르트(협주곡)의 어원은 라틴어 동사 '콘체르타레'에서 나온 말로 '경쟁하다', '협동하다'라는 의미이다. 콘체르트는 독주악기의 화려한 기교와 관현악단이 경쟁하듯 연주하는 것에 재미를 느껴 발전하게 되었다. 독주악기에 따라 피아노 협주곡, 바이올린 협주곡 등으로 부른다. 콘체르트는 독주자와 관현악 간의 조화가 무엇보다 중요하다. 독주자와 경쟁하듯 연주가 이어질 땐 긴장감이 흐르고, 경쟁보다 조화를 이루는 구간은 웅장함에 넋을 놓는다. 각각의 악기가 조화를 이룰 때 독주도 돋보이게 된다. 조화 없이 경쟁만 하면 음악이 아니라 소음이다. 대화를 할 때도 마찬가지인 것 같다. '낄끼빠빠'처럼 자기가 하고 싶은 말만 경쟁적으로 내뱉으면 잡담이 될 뿐이다. 또 '할많하않'처럼 해야 할 말도 안 하면 알맹이 빠진 대화가 되고 만다. 모든 악기가 최상의 기량으로 알맞은 때에 제소리를 내면 훌륭한 하모니를 이루게 된다. 대화도 적절한 시기에 상황에 맞는 말을 할 때 올바른 대화가 될 수 있을 것이다. 제대로 된 악기 음을 내기까지 긴 시간 연습이 필요하듯, 상황에 맞는 말솜씨를 갖기까지도 연습이 필요할 테다. 여전히 부족한 말솜씨 때문에 가족 간에 대화도, 직장에서의 소통이 삐걱대기도 한다. 그래도 성공은 1%의 재능과 99%의 노력이 만든다는 말처럼, 부족한 말솜씨도 연습을 통해 지금보다 더 나아질 수 있다는 믿음으로 하루하루 노력 중이다.

4

또 다른 오해가 생긴다

다섯 명의 출연자가 주어진 사자성어를 음악을 크게 튼 헤드폰을 쓴 채 한 사람씩 전달하는 게임이 있다. 가령 '천고마비'라는 단어를 처음 전달받은 출연자가 음악을 듣고 있는 다음 동료에게 설명한다. 똑같이 들리지 않는 상황에서 말소리는 점점 더 커지고 몸동작까지 더해진다. 상대방은 입 모양과 몸동작만으로 짐작되는 사자성어를 또 다음 출연자에게 같은 방법으로 설명한다. 정답을 아는 시청자는 엉뚱하게 전달되는 과정을 지켜보는 재미가 있다. 그렇게 네 명을 거쳐 마지막 출연자가 정답을 외친다. '천일야화', 정답을 맞히기보다는 엉뚱한 답인 경우가 많다. 상대방이 무슨 말을 하는지 들리지 않기 때문에 틀린 답을 말하게 된다. 이런 게임은 시청자에게 재미를 주기 위한 설정이라 그럴 수 있다. 헤드폰을 쓰지 않고 생활하는 일상에서도 이런 게임 같은 상황이 자주 발생한다.

회사 내에서 새로운 서류 양식을 만드는 건 결재체계를 단순화하여 의사판단을 신속히 하거나, 중복되는 양식을 통합해 업무 효율을 높이는 게 목적이다. 새로운 걸 만들어 내든, 있는 걸 없애든 그 과정에는 반드시 소통이 필요하다. 조직이 크면 소통의 대상도 많고 시간도 오래 걸린다. 조직이 작으면 소통이 잘 되고 시간도 적게 걸릴 것 같지만, 꼭 그렇지만도 않은 것 같다.

3주 전 사장님 지시로 새로운 양식을 만들기 시작했다. 서류 작성 때문에 현장관리가 소홀해지지 않도록 작성은 쉽고, 내용은 함축적이게 만들라는 지시였다. '작성은 쉽고, 내용은 함축적', 말은 쉽다. 이런 추상적인 지시에도 결과물을 만들어 내야 했다. 그동안 불만이 무엇인지부터 찾아봤다. 불만을 없앨 방법을 고민했다. 내가 현장관리자라면 어떻게 작성하는 게 편할지도 생각해 봤다. 중복되는 부분, 불필요한 절차를 더하고 뺐다. 초안이니, 최상이 아닌 최선을 선택했다. 피드백을 주고받는 과정에서 수정 보완될 부분도 고려하고 큰 틀에서 작성해 첫 보고를 했다. 표정이 밝지 않았다. 몇 가지 질문에 답을 듣고는 본인이 생각하는 방향을 말씀하신다. 처음부터 그렇게 지시했으면 얼마나 좋았을까? 3주 동안 엉뚱한 산에 부지런히 올랐다. 다시 출발선으로 돌아왔다. 그나마 이번에는 어느 산을 올라야 할지는 알게 되었다. 당연히 그럴 수 있다고 이해했다. 시간이 걸리더라도 제대로 만드는 게 결국 직원을 위하는 길이라는 잘 알기 때문이다. 그런 과정이라면 얼마든 오르고 또 오를 용의가 있었다. 그렇게 또 2주를 보내고 다시 사장님과 마주 앉았다. 지난번보다는 표정이 부드럽다. 다시 몇 가지 질문을 주고받은 뒤 빨간색 펜을 꺼내 들었다. 방심하고 있는 걸 눈치라도 챘는지, 처음에도 언급하지 않은 내용을 이제야 끄집어낸다. "처음에 좀 꼼꼼하게 봐 주지 그러셨어요."라는 말이 목구멍 안에서 꿈틀댔다. 지난번에 오른 산에 두고 온 게 있다며 다시 한 번 갔다 오라는 꼴이다. 분명히 같은 언어를 사용하고, 지시받은 대로 결과물을 가져왔는데 생뚱맞은 지시를 하는 건 왜일까? 내가 잘못 이해한 걸까, 사장님이 제대로 보지 않았던 걸까? 5주 동안 부지런히 주고받았지만 산 중간에서 길을 잃은 것 같았다.

서른 살에 회사다운 회사에 입사했다. 사업경력 30년의 전문 건설 회사였다. 오래된 만큼 사내 시스템은 완전무결해 보였

다. 본사에서 전국 현장을 일률적으로 관리할 수 있는 체계였
다. 현장관리자도 정해진 양식에 따라 매달 공사 진행 상황을
보고하고 공사비 정산을 했다. 문제는 본사와 상관없는 현장 내
에서 작성해야 할 서류가 많았다. 외부 협력사, 발주자, 감리자
등 다양한 곳에 여러 종류의 서류를 작성하고 발송하게 된다. 4
년간 근무하는 동안 현장사무실 벽면 한 곳을 가득 채울 양이
었다. 제출을 받는 곳에서 양식을 정해 요청하는 때도 있고, 발
송하는 쪽에서 임의 작성 하는 일도 있다. 임의로 작성하는 서
류도 결국 받는 이가 핵심만 볼 수 있게 정리 요약해야 한다는
의미이다. 언제 어떤 식의 자료를 요구할지 모르기에, 공사가 진
행되는 내내 관련 내용을 체계적으로 정리해 놓아야 했다. 이때
는 현장 사무실에서만 활용할 수 있는 새로운 양식지를 만들어
야 했다. 용도가 명확하면 절차는 중요하지 않았다. 효율을 우
선하기에, 선임과 한두 번 피드백을 주고받고 곧바로 업무에 활
용하는 식이었다. 그러니 의사 결정까지 시간을 끌 필요도, 절
차를 따지며 승인이 나길 기다릴 필요도 없었다. 신입이나 다름
없었던 나도 내 업무에 필요하다면 얼마든 양식을 작성해 간단
한 피드백을 받은 뒤 곧바로 실무에 활용할 수 있었다. 같은 산
을 함께 오르며 밀어주고 당겨주니 힘도 덜 들고 그만큼 즐겁게
산행을 즐길 수 있었다.

직장 내에서 효과적인 의사소통은 업무효율과도 연결된다. 지시를 내리는 사람은 목적이 명확해야 하고, 지시를 받는 사람은 완벽히 이해해야 한다. 그렇지 않고 입만 벙긋하는 선배, 입모양만 보고 상상의 나래를 펴는 후배는 시끄러운 음악이 나오는 헤드폰을 끼고 소통하는 것과 다르지 않다. 물론 모든 업무가 매번 서로에게 만족을 줄 수는 없다. 복잡한 상황이 얽히며 전달이 잘못될 수도 있고, 의도와는 다른 결과물을 가져올 수도 있다. 그럴 땐 서로에게 오해가 안 생기게 간단명료하게 소통할 수 있어야 한다. 권한을 가진 사람은 충분히 검토한 후 피드백을 주고, 각 실무자는 질문과 확인을 통해 안개를 걷어낸 뒤 업무에 임해야 한다. 내비게이션은 미터 단위로 방향과 거리를 구체적으로 알려준다. 지시자가 내비게이션처럼 구체적이지 못하다면, 적어도 말하지 않아도 상대방이 알아서 잘할 거라는 기대와 잘못했을 때 책임을 전가하는 그런 구태는 내려놓았으면 한다.

업무뿐 아니라 일상의 대화에서도 하고 싶은 말을 구체적

으로 표현해야 상대방이 오해하지 않는다. 헤드폰을 끼고 있는 것처럼, 자신이 하고 싶은 말만 떠든다면 소음에 지나지 않는다. 글을 쓸 때도 전하고 싶은 말을 선명하게 적어야 독자가 올바르게 이해한다. '이 정도는 알겠지'라고 넘겨짚으며 쓰는 글은 독자의 마음도 돌아올 수 없는 다리를 넘어가는 것과 같다. 업무 지시를 할 때, 회의를 진행할 때, 친구와 대화를 나눌 때, 독자에게 글을 쓸 때, 소통이 필요할 때는 헤드폰은 잠시 내려놓고 상대방에게 집중하는 게 오해를 부르지 않는 대화법이라 생각한다.

말이라도 할 걸 그랬어

서른 살에 처음 이직을 했다. 그 후로 10년 동안 7곳의 회사를 옮겨 다녔다. 7곳의 직장을 옮겨 다니기 위해 수없이 많은 곳에 이력서를 냈다. 직장을 다니면서 이직을 준비하기도 했고, 욱하는 성질에 뛰쳐나와 몇 달을 쉬면서 취업을 준비하기도 했었다. 자주 옮겨 다니다 보니 깊이 오래 알고 지내는 관계도 드물었다. 그 덕분에 재취업을 준비하면서도 지인 찬스를 사용한 적이 없었다. 아니 딱 한 번 있었다. 그러나 내 욕심 때문에 소개해 준 분을 곤란하게 만든 적이 있었다.

아무런 대책 없이 또 뛰쳐나왔다. 이놈의 성질을 어떻게 해야 할 것 같았다. 나를 아는 사람들은 내가 그렇게 대책 없이 행동했다는 걸 알면 의아해한다. 겉모습은 완전 모범생(?) 스타일이라 그런 오해를 한다. 다행인 건 내가 그렇게 행동하는 데에는 이유가 있을 거라 짐작하고 이해해 준다. 물론 그들의 이해를 바라고 행동한 건 아니다. 어디까지나 순간 욱하는 성질을 참지 못해 만든 결과일 뿐이다. 그렇게 뛰쳐나오면 당장 구직활동부터 해야 한다. 아내에겐 미안하다는 말뿐이다. 처음 한두 번은 잔소리도 들었지만, 횟수를 거듭할수록 아내도 슬슬 포기하는 눈치다. 오히려 홀가분하게 취업준비를 할 수 있는 장점이 있다. 갈 곳이 정해져 있지 않아 온종일 이곳저곳을 옮겨 다닌다. 피시방, 도서관, 카페 등 인터넷이 되는 곳을 전전한다. 수시로 올라오는 채용공고를 확인하며 입사지원서를 제출한다. 기업마다 정해진 양식을 제출해야 하는 곳도 있고, 채용사이트에 올려놓은 입사지원서를 받는 곳도 있다. 정해진 양식을 제출받은 기업은 매번 정성들여 입사지원서를 써야 한다. 작성하는 데만 두어 시간은 족히 걸린다. 그렇게 정성들여 입사지원서를 제출했던 회사가 하나 있었다. 몇 달 전에도 직장을 다니면서 지원했었다가 서류전형에서 떨어졌었다. 종합건설사 도급 100위 안에 드는 탄탄한 기업이었고, 채용 직무였던 '자재구매'를 꼭 해

보고 싶었다. 마침 다시 같은 내용으로 채용공고가 올라와 있었다. 앞에 제출했던 입사 지원서는 지우고 새 마음 새 각오로 새롭게 썼다. 반나절은 걸렸던 것 같다. 될 거란 믿음을 담아 이메일을 보냈다. 며칠 뒤 면접 보러 오라는 연락을 받았다. 기운이 통한 것 같았다. 비장한 각오를 마음에 새기고 면접장에 도착했다. 나를 포함해 다섯 명이 한 자리에 모였다. 내가 제일 나이 들어 보였다. 면접관의 질문에 답도 제대로 못했다. 많이 묻지 않았다. 내가 바라는 결과를 기대할 수 없을 것 같았다. 간절히 바랐지만, 준비가 부족했던 것 같다. 그래도 가늘게라도 이어져 있는 실은 끊어진 게 아니듯 기대를 안고 면접장을 나섰다. 언제 연락이 올지 모르는 막연한 기다림이 시작되었다. 그러나 기다리고만 있을 수는 없었다. 기다리는 동안 지인 찬스를 알아보기로 했다. 전화번호부에 연락할 수 있는 지인을 찾아봤다. 눈에 들어온 이름이 있었다. 두 해 전 같은 현장에서 소장님으로 함께 근무했던 분이었다. 그때도 나 살겠다고 도망치듯 회사를 그만두었다. 말도 안 하고 도망친 건 아니었다. 미리 그만두겠다고 말하고 인수인계까지 마친 뒤 퇴사했다. 그러니 연락하는 게 어렵지는 않았다. 소장님도 내 전화를 반갑게 받아주었다. 약속을 정하고 현장으로 찾아갔다.

안부를 묻고 이어진 대화에 내 상황을 설명했더니 소장님은 흔쾌히 자리를 마련해 보겠다고 말했다. 물론 본사에 승인을 받아야 하니 며칠 기다리라고 했다. 며칠 뒤 연락이 왔다. 다녔던 곳에 다시 들어가는 조금은 민망한 상황이었지만, 소장님이 힘써 준 덕분에 자리를 얻을 수 있었다. 감사의 인사를 전할 겸 다시 사무실을 찾았다. 이미 내 자리를 마련해 놓았고 다음 주부터 출근하라는 연락도 받았다. 기꺼이 다시 입사를 허락해 준 회사에도 감사했다. 처음 보는 직원들과 인사를 나누고 현장 분위기도 익힐 겸 자리를 지키고 있었다. 그때 전화가 걸려왔다. 합격 통보 전화였다.

끊어질 것처럼 가는 실이 굵은 밧줄이 되는 순간이었다. 마치 운명의 장난 같았다. 이 상황을 어떻게 해야 할지 난감했다. 소장님께 말하자니 웃긴 놈이 될 것 같고, 말하면 당연히 가지 말라고 할 게 뻔했다. 반대로 말을 안 하자니 놓치기엔 너무 아까운 기회였다. 퇴근할 때까지 고민만 하고 있었다. 결국 말도 못 꺼내고 퇴근하며 다음 주에 뵙겠다는 거짓말을 남긴 게 마지막이었다.

뜬 눈으로 주말 밤을 보냈다. 일요일 밤, 마음을 정하고 메일을 썼다. 수신자는 소장님과 본사 인사담당 임원이었다. 내 사정을 이해 바란다는 구구절절 내용을 담았다. 한마디로 변명만 가득했다. 우유부단한 성격과 소심함 때문에 소장님은 물론 인사 담당자까지 실없는 사람이 되었다. 실수는 누구나 할 수 있다. 실수를 하고 나서 어떻게 행동하는지가 그 사람의 됨됨이를 말해준다. 그때 나는 그걸 몰랐다. 단순히 내 욕심만 챙겼다. 그들이 난처할 거라는 걸 짐작은 했지만, 적절하게 대응하지는 못했다. 처음부터 나의 필요로 찾아간 자리였고, 나를 위해 기꺼이 애써 준 그들의 수고를 외면했다. 하나를 얻으면 하나를 잃는다고 했다. 내 욕심은 결국 두 달 만에 끝났다. 입사하고 알게 되었다. 내가 탐냈던 자리는 그 회사에서도 이직률이 높기로 유명했다. 팀장은 0.1도의 오차도 허용하지 않는 초고층빌딩처럼 곧게 뻗은 성격을 가졌고, 이를 버텨내는 팀원이 드물었다. 타 부서의 부러움을 살 만큼의 살인적인 업무량도 한몫했다. 그래서 수시로 채용 공고가 올라왔다는 걸 그때서야 알게 되었다. 결국 내 발로 도망쳐 나왔다. 다시 백수가 되었지만, 아무에게도 연락할 수 없었다. 내가 자초한 잘못된 선택 덕분에 몇 달을 백수로 지냈다.

나는 그때 용기 내 사과하고 내 행동을 설명할 자신감도 없었다. 만약 그때 얼굴을 마주하고 진심 어린 사과의 말을 전했다면 적어도 마음의 짐을 덜고 새 출발을 할 수도 있었을 터였다. 하지만 스스로 기회를 차버렸고, 도망치듯 이직한 직장에서 그런 마음의 짐 때문인지 얼마 못 가 또다시 도망치고 말았다. '남의 눈에 눈물 나게 하면 내 눈에선 피눈물 난다'는 말처럼 나도 결국 그렇게 되고 말았다. 말 한마디 제대로 못한 대가는 마음의 짐을 달고 몇 해를 도망치듯 살게 했다.

　죽을죄를 지은 사람은 미안한 마음에 사과조차 할 용기를 못 내겠다고 말한다. 오히려 반대여야 한다고 생각한다. 미안할수록 더 용기 내서 사과하고 내 처지를 이해시켜야 한다. 그래야 오해도 안 생기고, 같은 실수를 반복하지 않는다. 주저하면 오히려 오해만 불러온다. 눈 한 번 질근 감고 할 말을 한다면 욕을 먹을 수는 있지만, 적어도 자신의 마음은 한결 홀가분해질 수 있다. 물론 내 마음 편하자고 용기 내는 것도 있지만, 상대방도 이런 나에게 조금 더 관대해지길 기대할 수 있지 않을까? 잘못된 행동을 했다면 본인이 나서야 문제가 해결된다. 용기는 그럴 때 필요한 것이다.

6

침묵, 소설 쓰고 있네

나를 사랑하긴 하나? 왜 나랑 결혼했지? 한 번쯤 져주면 안 되나? 연애할 때는 몰랐는데 이런 면도 있었네, 이러고도 잠이 와? 어쩌면 저렇게 태연하게 TV를 보고 있지? 나는 안 보이는 사람처럼 행동하네, 나도 그냥 모른 척해 버릴까? 내일 일어나면 어떻게 얼굴 보지? 아닌 말로 내가 뭘 잘못했다고 이렇게 오래 말을 안 할 수 있지? 나만 잘못했나, 자기는 아무 잘못 없는 것처럼 그러네. 손바닥이 혼잣소리 나냐! 인제 그만 좀 풀고 말 좀 걸어줘 봐, 나는 이미 다 풀렸단 말이야, 아! 답답하네, 내가 먼저 말하자니 모양 빠지는데 좀 더 버텨볼까? 그래 지난번에도 이 고비를 넘기니 먼저 말을 걸어왔었지, 이번에는 못 이기는 척 봐줄까? 나는 잘못한 게 없으니 이해해 주는 척 마무리하면 될 거야.

며칠 동안 소설을 쓰고 있다. 아내와 냉전 중이라는 제목이다. 한 번씩 다툼이 있으면 내가 먼저 입을 닫고 동굴 속으로 들어간다. 아내도 그런 나를 따라서 더 깊은 동굴 속으로 들어간다. 그때부터 나는 상상을 시작한다. 처음 하루는 문제가 된 사건에 집중한다. 이틀이 지나면 문제보다 아내의 태도에 슬슬 화가 난다. 사흘이 되면 입이 근질거린다. 나흘째 되면 한마디 툭 던진다. 던진 말에 아내가 반응하면 은근슬쩍 아무 일 없었던 것처럼 싸우기 전으로 돌아간다. 만약 이때 아내가 반응하지 않으면 받아주지 않는다고 더 화가 난다. 정작 화를 낼 사람은 아내인 데도 말이다. 다시 하루를 넘긴다. 이제부터는 이성보다는 감정적으로 행동한다. 말로 표현은 안 하지만 상대방이 상처받을 만한 행동을 서슴없이 하기 시작한다. 이쯤 되면 차라리 처음부터 말싸움 한 판하고 털어버리는 게 낫겠다 싶다. 아내와 나는 말로 치고받는 싸움을 하지 않는다. 결혼 초부터 다툼이 있으면 내가 먼저 입을 닫아버려 더는 말싸움 자체가 성립되지 않았다. 그런 내 습성을 낯설어하던 아내도 시간이 지나면서 차츰 적응했다. 아내도 나와 똑같은 방법을 사용하는 걸로 적응했다. 정말이지 말을 안 하고 눈치만 보는 건 할 때마다 느끼지만, 할 짓이 아닌 것 같다. 그래도 고치지 못하는 건 분명 내 잘못이 큰 게 확실하다.

부부로 살다 보면 부딪히는 경우가 생긴다. 전혀 다른 두 사람이 한 공간에 살다 보면 당연하다. 함께 살기로 한 이상 서로에게 맞추어야 할 의무도 있다. 내 생각, 내 습관, 내 방식만 고집하면서 살 수는 없다. 내가 하나를 양보하면 상대방도 하나를 포기해야 한다. 그게 배려고 이해라 생각한다. 하지만 모든 순간이 배려와 이해로만 될 수 없다. 크기가 다른 톱니가 맞물려 돌아가려면 톱니바퀴의 모양을 알맞게 깎아야 한다. 어느 한 쪽만 깎아서는 안 된다. 맞물리는 양쪽 다 알맞은 크기로 만들어야 한다. 사람 사는 게 톱니바퀴 물리듯 완벽하게 돌아가면 싸울 일도, 화낼 일도 없다. 하지만 감정이 있고, 생각이 있고, 살아온 방식이 다르다 보니 다툼은 자연스러운 현상이다. 중요한 건 이때를 어떻게 극복하느냐이다.

내 고등학교 동창, 아내의 대학 동기를 소개해 줘 결혼하게 된 부부가 있다. 서로 잘 아는 사이다 보니 결혼 후 10년 넘게 만남을 이어오고 있다. 함께 모여 술잔을 나누며 이야기를 하다 보면 서로에 대한 불만을 쏟아내기도 한다. 애정이 담긴 불만일 때도 있고, 감정이 상할 만큼 섭섭했던 일을 꺼내 놓기도 한다. 그들은 우리가 있는 것도 아랑곳하지 않고 서로에게 하고 싶은 말을 시작한다. 누가 먼저랄 것도 없이 담아두었던 말들이 댐이 터지듯 입 밖으로 터져 나온다. 감정이 격해지면 육두문자가 나오기도 한다. 물론 애정이 담긴 육두문자라고 할 수 있다. 지켜보는 우리 부부는 아슬아슬하다. 저러다 무슨 사단이라도 날 것 같다. 아내와 내가 눈치를 주고받으며 둘 사이에 끼어들어 보기도 한다. 그게 먹히면 싸움이 마무리되지만, 그마저도 소용없는 때도 있다. 중요한 건 이다음부터다. 어찌어찌해 싸움이 일단락되면 다시 원래의 평온한 얼굴로 돌아온다. 언제 그랬냐는 듯 다시 죽고 못 사는 모습을 연출한다. 우리 부부가 앞에 있어서 보여주기 위한 의식적인 행동인지는 모르나 적어도 내가 아는 내 친구는 그런 가식을 부릴 줄 모른다. 그들의 부부싸움은 그런 식이다. 있는 자리에서 하고 싶은 말을 모두 쏟아낸다. 싱크대 음식 쓰레기를 남김없이 버려야 냄새가 나지 않는 것처럼, 상대방에게 하고 싶은 말을 그 순간 다 꺼내 놓는다. 그러니 침묵하며 상상하고 오해할 일이 없다. 우리 부부와는 정반대다.

우리 가족은 내가 6살 때 부산생활을 정리하고 성남으로 이사를 왔다. 그때는 무일푼이었다. 다섯 식구가 발 뻗고 잘 집도 없었다. 하루 벌이를 하며 세 아들을 키우는 건 만만치 않았다. 학년이 올라가도 생활은 크게 나아지지 않았다. 생활이 팍팍하니 마음의 여유도 없었던 것 같다. 그런 탓에 두 분은 늘 서로에게 불만이 가득했다. 조금 과장하면 눈만 뜨면 싸웠던 것 같다. 그 모습을 24살 독립하기 전까지 봐왔다. 그러니 싸우는 것 자체가 싫었다. 내가 싸우는 것도 싫었고, 남이 싸우는 모습을 보는 것도 불편했다. 부모님이 싸울 때면 아무 말도 못했다. 끼어들 용기도 없었다. 용기 없는 자식이 선택할 수 있는 건 침묵뿐이었다. 아내와 연애할 때는 싸울 일이 없었다. 의견이 차이 나는 건 내가 양보하거나 아내가 배려하면서 다툴 일을 만들지 않았다. 하지만 결혼 후에는 싸울 때면 입을 닫았다. 다투는 그 상황이 불편했다. 부모님의 다툼을 보고 있는 게 불편해 입을 닫았던 것처럼. 입을 닫는 게 익숙하니 그게 최선이라 여겼다. 하지만 침묵하는 동안 이어지는 상상이 더 화를 키운 꼴이었다. 그러니 서로 지쳐갔다.

"이럴 거면 차라리 그 자리에서 치고받고 싸우고 말자, 도저히 힘들어서 못하겠다."

　나도 아내 말에 공감했다. 침묵하는 동안 삼류 소설만 쓰고 있으니 말이다. 삼류 소설을 읽든, 베스트셀러를 읽든 읽고 나서 얻는 건 온전히 자신의 몫이다. 삼류 소설이라고 배울 게 없지 않고, 베스트셀러라고 모두 최고는 아니기 때문이다. 내 태도는 내가 결정해야 한다. 나만 좋은 건 상대를 배려하지 않는 행동이다. 진정한 배려는 내 행동이 상대방에게 불편을 주지 않아야 한다. 말하지 않아도 알 방법은 세상에 없다. 서운하고, 속상하고, 답답한 마음은 표현해야 알 수 있다. 살면서 침묵이 필요한 순간은 음식을 씹을 때뿐이다. 음식을 먹을 때 침묵은 몸을 건강하게 만들어 주지만, 그 밖의 침묵은 건강한 관계를 만드는데 아무런 도움이 되지 않는다.

제가 말하고 있잖아요

한 달 중 가장 긴장되는 날이다. 이번 달에도 쉽게 넘어갈 것 같지 않다. 지난달보다 출력인원이 늘었다. 부디 내 계산이 다 맡길 바랄뿐이다. 오전에 본사로부터 노무비가 입금되었다. 과장님의 지시대로 근로자에게 지급할 노무비를 거래 은행에서 찾아왔다. 이제 미리 만들어 놓은 월급봉투에 나누어 담는다. 이 일만 해도 반나절이다. 나누어 담는 일이 끝날 쯤 현장 일도 마무리된다. 일을 끝낸 근로자들이 무리를 지어 사무실을 찾는다. 사무실 앞은 팬 사인회를 연상시킬 만큼 사람들로 북적인다. 이 때부터 나도 긴장하기 시작한다. 한 명씩 이름을 부르며 월급봉투를 나누어 준다. 봉투 겉면에는 한 달 동안 일한 일수와 세금을 제외하고 받게 될 금액이 적혀 있다. 원래는 그런 것도 없이 돈만 담아 주었는데, 이런저런 말이 많다 보니 궁여지책으로 만들어 냈다. 한 명씩 봉투를 건네받으면 제일 먼저 자신이 일한 날짜를 따져본다. 정직과 신뢰를 바탕으로 일하는 게 상식이지만, 간혹 내가 틀리거나 당사자가 거짓으로 날짜를 말하기도 한다. 사람이 하는 일이다 보니 실수가 있다. 나도 실수를 줄이기 위해 하루에도 몇 번씩 확인하지만, 틀리는 때도 있기 마련이다. 반대로 자신이 일한 날짜를 정확하게 기록한 근로자는 하루라도 계산이 잘못되는 걸 용납하지 않는다. 꼼꼼한 분은 자신이 일한 날짜를 기록한 종이까지 갖고 다니며 나에게 확인시켜 준다. 현장에서 몸을 사리지 않고 일하는 근로자를 보면 숭고함의 의미를 되새기게 된다. 하루치 일당을 벌기 위해 묵묵히 주어진 일에 온힘을 다하는 모습을 보면서 내 역할도 허투루 할 수 없었다. 그래서 근로자들에게 월급으로 말미암아 불편이나 불만을 최소화하는 게 내 역할이라 생각했다. 하지만 한 달에 한두 번은 꼭 문제가 생기기 마련이다. 이번 달도 그냥 넘어가지 않았다.

월급날 딴죽을 거는 근로자는 정해져 있다. 지난 달 에도 꼬투리를 잡았고, 이번 달에도 예상은 빗나가지 않았다. 또 날짜가 틀렸다고 우기기 시작한다. 혹시 모를까 싶어 나도 준비를 하고 있었다. 출력 일수가 틀리는 건 근로자와 회사 간 신뢰의 문제이기 때문에 정확해야 한다. 일단 의혹을 제기했으면 무슨 수를 써서라도 해결해야 한다. 둘 중 누가 맞는지 확인하고 인정해야 비로소 마무리된다. 그러지 않으면 다른 근로자도 자신의 월급에 의심을 하게 된다. 그로 인해 깨진 신뢰는 공사 진행에도 영향을 미치게 된다. 그래서 더 꼼꼼하게 준비를 했고, 따로 자리를 만들어 마주 앉았다. K아저씨는 당연하다는 듯 날짜가 틀린다고 주장했다. 수개월 전에 현장에 왔고, 최근 들어 월급 문제를 매달 제기했었다. 그때마다 내가 정리한 게 맞았고, 그럴 때면 억울하지만 자신이 참는다는 뉘앙스로 마무리되었었다. 늘 문제가 되는 것은 작업을 시작한 뒤 비가 오는 날이다. 비가 오면 피할 곳이 없다. 적은 양의 비라도 안전사고 위험이 있기 때문에 작업을 멈추어야 했다. 12시 이전에 비가 오면 반나절 근무한 걸로 인정한다. 이때는 공사 관리자도 공식적으로 오후 작업은 없다고 전달하고, 작업장을 정리한 뒤 점심을 먹고 퇴근하는 게 규칙이다. 하지만 간혹 오후에도 일할 수 있을까 싶어 의욕이 앞선 근로자는 비가 멈추길 기다리며 대기하고 있다. 누구의 지시도 받지 않고 말이다. 한두 시간 대기해도 비가 안 그치면 그제야 현장을 떠난다. K아저씨는 이런 날도 자신이 하루를 다 근무했다고 우겼다. 그러니 내가 정리한 것과 다를 수밖에 없었다.

아는 사람이 더 무섭다는 말이 있다. 얼굴 본 시간이 길어질수록 서로에게 경계를 덜 가지게 된다. 현장에서 마주치면 인사도 나누고 실없는 농담도 주고받게 된다. 그런 시간이 쌓일수록 친밀감도 생긴다. 친밀감은 일종의 방아쇠가 된다. '내가 당신과 이만큼 친한데 나한테 어떻게 이럴 수 있어'라는 감정을 갖게 된다. 문제가 생긴 K아저씨도 말끝마다 '내가 김 대리와 지낸 시간이 얼마인데 나한테 이럴 수 있어'라며 애써 친밀감을 드러낸다. 나와 당신 사이에 일종의 유대감이 형성되어 있다고 느끼는 것 같았다. 내가 정리해 놓은 게 맞으면 결국엔 감정적으로 해결하려고 시도한다. 그때부터 언성이 높아지고 불만을 털어놓기 시작한다. 그런 말이 고울 리 없다. K아저씨는 으레 나를 비롯해 주변 직원 들으라는 듯 소장님을 들먹인다. 한 번 끓기 시작한 물은 불을 꺼도 쉽게 차가워지지 않는다. 그럴 때면 나도 사수에게 도움을 요청한다. 숙기가 없는 나는 막무가내인 근로자 앞에서는 어찌해야 할지 모르겠다. 직접 해결하기엔 깜냥이 부족했다. 결국 주변에서 나선 뒤에야 겨우 마무리된다.

큰소리 지르는 사람 앞에 서면 주눅이 든다. 그 사람 기에 눌려 내 말을 제대로 못한다. 내가 맞아도 해야 할 말을 못한다. 괜히 성질을 건드리면 더 큰 화를 입을까 두려워서다. 특히 현장 일 하는 근로자 중에는 막무가내 고집을 부리는 사람이 많다. 심한 경우 주먹다짐을 하는 것도 봐서 더 겁이 난다. 비위를 안 건드리는 게 내 신상에 이롭다. 하지만 시간이 지나고 알았다. 그렇게 성질부터 부리는 사람은 더 크게 고함치는 게 하나의 방법이라는 걸. 나처럼 우물쭈물하면 더 가볍게 보고 더 성질을 부린다는 걸. 여러 경우를 겪으며 나름의 대처 방법을 배웠다. 아직도 건설업에 몸담고 있다 보니 비슷한 일이 생기기도 한다. 그때마다 상대방은 기선 제압을 위해 소리부터 지르는 건 여전하다. 그럴 때는 여전히 손이 떨리고 긴장된다. 일단 상대방의 말을 가만히 들어 준다. 심호흡하며 말이 끝나길 기다린다. 내 차례가 되면 한 번 더 심호흡하고 내가 할 말을 원래의 목소리 톤으로 말한다. 상대방은 똑같은 반응을 예상했는데 의외라는 눈치다. 해야 할 말을 조곤조곤 다 말하고 나면 상대방은 이미 한풀 꺾여 있다. 나무를 부러트리려면 톱이나 도끼를 쓰는 방법도 있다. 도구가 없을 땐 나무가 휠 정도의 똑같은 힘을 계속 주면 어느 순간 부러지게 된다. 강한 상대를 이기기 위해 나까지 강해질 필요는 없다는 걸 배웠다. 겉으로 보이는 강함보다 해야 할 말을 제때 할 수 있는 용기가 더 필요하다는 걸 알았다.

품격 있는 대화의 기본은 존중이다. 상대방을 존중하지 않으면 자신도 존중받지 못한다. 존중의 기본은 상대방의 말을 경청하는 것이다. 유대인의 속담 중 '말이 입 안에 있으면 내가 다스릴 수 있지만, 말이 입 밖으로 나오면 그 말이 나를 다스린다'는 말처럼 하고 싶은 말만 쏟아내는 사람은 결국 말 때문에 더 큰 화를 입는다. 먼저 들어주고 해야 할 말만 한다면 오해와 다툼도 줄어든다. 서로를 존중하는 태도, 즉 인성을 키우면 자연히 언성을 높이지 않는 품격 있는 대화를 할 수 있지 않을까?

8

좋은 말이라고 다 좋지 않다

큰딸 보민이는 사춘기에 들어서고 있다. 아이도 나를 닮아서 하고 싶은 말을 쉽게 드러내는 편이 아니다. 서로에게 꼭 필요한 말만 한다. TV를 보거나 숙제를 할 때 궁금한 게 있으면 묻는 정도다. 답을 아는 질문에는 정성껏 대답해 주지만, 정성이 넘치는 경우가 종종 있다. 보민이가 궁금해하는 게 내가 말하는 내용과 맞으면 짧은 대화가 된다. 자칫 의욕이 앞서 말이 길어지면 여지없이 아이는 표정으로 말을 한다. '아빠! 거기까지만', 하나라도 더 알려주고 싶은 마음에 선을 넘었다. 나이 들수록 대화에서 선을 지키는 게 쉽지 않다.

보민이의 책상을 가끔 보면 계획표가 적혀 있다. 그날 공부할 범위와 시간을 기록해 놓는다. 유튜브에서 배운 공부법을 활용하는 것 같았다. 기록하는 건 좋은 습관이다. 내가 보민이 때는 그런 게 있는지조차 모르고 무식하게 공부했었다. 무식하게라도 했으면 성적이라도 좋았겠지만, 이도 저도 아니었다. 공부 습관을 만들기 위한 의지를 보는 것 같아 대견했다. 마음 같아서는 해달라는 건 다 해주고 싶었다. 그래도 무턱대고 따라 하게 두는 것보다 아빠로서 조언해 줄 수 있는 부분이 있을 것 같았다.

시작은 칭찬이었다. 그동안 계획표에 기록하고 실천했던 행동에 대한 보상 같은 것이었다. 칭찬 한마디에 배시시 웃어 보인다. 다음은 습관에 대해 말을 꺼냈다. 습관의 필요성과 어떻게 습관이 만들어지는지, 어떤 과정이 필요한지, 기간이 얼마나 필요한지 등을 구체적으로 말했다. 이때부터 표정이 굳어지고 있었던 것 같다. 가속이 붙은 말은 내 경우를 예로 들며 습관 없이 꾸준히 한다는 게 얼마나 어려운지에 대해 속도를 높이며 뱉어냈다. 서서히 고개를 떨구고 있었던 걸 미처 몰랐다. 그리고는 화룡점정으로 다이어리는 내가 제시하는 조건을 충족했을 때 다시 사 주겠다는 약속으로 말을 마쳤다. 나 혼자 신나서 한참을 떠들었다. 보민이의 시선은 태블릿에 가 있었다. 내 눈치만 보고 있었나 보다. 그것도 모르고 혼자 떠들고 있었다. 그때 꼰대가 된 것 같았다.

금요일 저녁은 일주일 동안 가슴에 쌓였던 돌을 내려놓는 시간이다. 아내와 나, 두 아이도 긴장을 풀고 저녁을 먹는다. 이때 빠지면 안되는 게 소주 한 잔이다. 가족의 의견을 모아 먹고 싶은 메뉴를 배달시켜 먹는다. 긴장도 풀리고, 먹고 싶은 음식도 앞에 있고, 기분이 좋아지는 반주까지 곁들인 저녁 한 상이 차려진다. 보민이와 채윤이는 자기 앞에 놓인 것만 먹으니 시간이 얼마 안 걸린다. 아내와 나는 반주를 곁들이다 보니 느긋하게 먹는다. 다 먹고 난 보민이가 기다렸다는 듯 유튜브 영상 하나를 보여준다. 영상을 보는 내내 옆에서 한 톤 높은 목소리로 설명을 시작한다. 새로운 공부법을 소개하는 동영상이었다. 얼마 전에도 새로운 공부법이라며 다이어리를 사고 싶다고 했었던 것 같은데, 또 시작이었다. 일단 두고 봤다. 어떤 내용인지 보고 판단하기로 했다. 보민이는 동영상과 우리를 번갈아 보면서 설명했다. 지난번과 어떤 차이점이 있는지도 알려줬다. 솔직히 지난번과 다를 게 없어 보였다. 직접 사용해 보지 않아 비슷하게 보였을 수도 있다. 어떤 부분이 다른지 설명해 달라고 하니, 몇 가지 설명을 한다. 지난번과 분명 다르다고 강조하면서. 설명을 다

들었지만 그다지 와 닿지 않았다. 시큰둥한 내 표정을 봤는지 보민이도 풀이 죽어 보였다. 이때다 싶어 술기운을 빌려 하고 싶은 말을 꺼냈다. 자신에게 맞는 방법을 찾고 시도해 보는 건 좋지만, 꾸준히 해보지도 않고 새로운 것만 찾는 건 아닌 것 같다는 말을 시작으로 그동안 보민이를 보며 들었던 생각을 풀어놓았다. 술이 윤활유 역할을 했는지 말이 술술 나왔다.

그렇게 실컷 떠들고 났더니 주변이 조용하다. 아내마저 스마트 폰에 눈이 가 있다. 맛있는 밥에 곁들인 소주 반병이 기분을 띄웠다. 평소보다 반 층 정도 올라간 기분 탓에 말이 많아졌다. 기분 좋게 마신 술이 말의 자물쇠를 열었다. 보민이도 이런 나의 버릇을 알아버렸다. 지나가는 말이었지만, 술을 마실 때와 안 마셨을 때 달라진 나를 알게 되었다고까지 했다. 어릴 적 아버지도 지금의 나와 비슷했던 것 같다. 술을 마신 날은 삼 형제를 앉혀놓고 일장 연설을 하셨다. 문제는 했던 말을 무한 반복하신다는 거였다. 앉아 있는 그 순간이 빨리 지나기만 바랐다. 아버지가 하는 말은 하나도 들리지 않았다. 분명 아버지는 우리에게 뼈와 살이 될 말을 하셨을 거다. 아이를 키우면서 알게 되었다. 술을 먹든 안 먹든 아이들에게 해주고 싶은 말이 있고, 그 말들은 아이들이 잘됐으면 하는 바람들이라는 걸.

좋은 말의 기준은 말하는 사람이 아닌, 듣는 사람이라 생각한다. 내가 보민이에게 기다렸다는 듯 쏟아내는 말들은 소음일 뿐이다. 듣는 사람이 받아들일 준비가 안되었거나 관심 없는 주제라면 새겨듣지 않기 때문이다. 어릴 때 술을 마신 아버지의 말이 하나도 안 들렸던 것과 같은 것이다. 내 기분에, 내 생각만 하고 상대방이 어떤 상태인지 고려하지 않은 말은 잘 차려진 밥상을 꾸미는 불필요한 장식품에 지나지 않는다. 산해진미가 차려진 밥상에도 먹고 싶고 좋아하는 게 정해져 있기 마련이다. 먹어 본 적 없는 낯선 요리에 배가 부르기보다 매일 먹는 갓 지은 쌀밥에 김치 한 조각을 먹었을 때 배가 부른 것처럼. 나이가 든 지금도 잔소리를 가장한 그럴 듯한 말을 듣는 게 불편하다. 상대방은 나를 위한다고 하는 말이지만, 듣는 나에게 물어보지도 않은 게 대부분이다. 부모 자식 사이라고 항상 좋은 말을 해줘야 한다는 의무감이 있는 건 아니다. 하물며 마주 앉혀놓고 내 기분에 취해 하는 말이라면 더더욱 주의해야 하지 않을까?

뜬 구름 잡는 백마디 말보다 행동을 보여주는 게 필요할 때

가 있다. 해보지도 않고 상대를 설득하려는 것과 해본 뒤에 설득하는 건 다르다. 상대방도 대화에서 그 차이를 알 수 있다. 말만 앞선 사람과 행동이 앞선 사람의 말의 무게는 다르다. 당연히 자신의 말에 책임을 지는 쪽도 후자일 테다. 내 기분에 취해 그럴 듯한 말만 쏟아내는 대신 행동을 먼저 보여주는 게 더 설득력 있을 테니 말이다. 내 경험을 녹여낸 말이라면 상대방을 설득할 수 있는 가장 확실한 도구가 되지 않을까 생각한다.

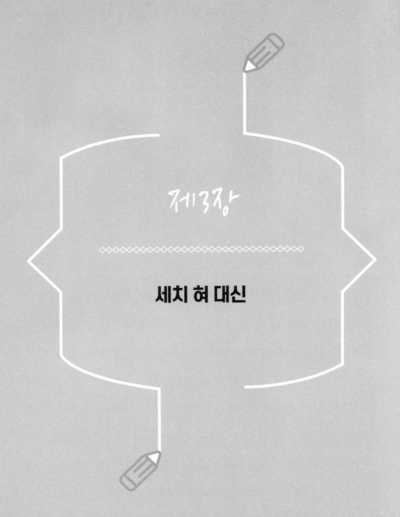

제3장

세치 혀 대신

제대로 하신 거 맞아요

걱정이 많았다. 내가 잘할 수 있을지도 의문이었다. 현장을 맡아본 적이 없던 내가 등 떠밀리듯 대구 현장으로 발령을 받았다. 못 가겠다고 말하고 싶었지만, 월급쟁이 입에서 나올 말은 아니었다. 그런 말은 자신의 역량을 의심받을 뿐이었다. 죽이 아닌 된밥이라도 만들자는 심정으로 공사를 시작했다. 하루하루가 외줄을 타는 기분이었다. 공사 시작 전 철저한 준비가 필요했다. 얼마나 잘 준비했느냐에 따라 공사비와 기간을 줄일 수 있기 때문이다. 더욱이 부족한 역량을 덧칠할 방법이기도 했다. 공사에 필요한 모든 준비를 스스로 판단하고 결정해야 했다. 이전까지 판단은 내 몫이 아니었다. 지시받은 대로 결과물을 만들어 내는 게 내 역할이었다. 지시를 받지 않고 오롯이 내 판단으로 공사를 진행하는 게 부담이었다. 현장이 틀을 갖춰가고 공사가 진행될수록 부담감도 덩달아 커졌다. 커지는 부담감 탓에 점점 예민해져 갔다.

현장 경험이 많지 않았다. 사람들을 이끌어 본 경험이 적었다. 그들을 어떻게 대해야 하는지도 익숙하지 않았다. '좋은 게 좋은 거'라는 식이었다. 지금까지와는 반대의 상황에서 사람을 대해야 하는 게 불편했다. 마냥 사람 좋다는 소리를 들어서도 안된다. 건설현장에서 이를 두고 휘둘린다고 표현한다. 공사 감독자의 판단대로 공사가 진행되는 게 아닌, 근로자에 의해 진행되는 경우를 말한다. 보이지 않는 자존심 싸움이라고도 한다. 한번 끌려가면 일이 끝날 때까지 끌려다니게 된다고 말한다. 적어도 그러고 싶지는 않았다. 나의 부족함을 드러내고 싶지 않았다. 휘둘리는 상황도 만들고 싶지 않았다. 그러니 더 센 척, 있어 보이는 척을 해야 했다. 결국 그런 껍데기 같은 태도 때문에 상대방에게 상처를 주는 말을 내뱉게 되었다.

기 싸움에서 밀리지 말아야 했다. 무조건 우겼다. 한 번 밀리면 계속 끌려다니 게 된다고 배웠다. 근로자는 관리자의 지시를 받아야지, 관리자가 근로자의 지시를 받아서는 안된다고 했다. 현장 경험이 부족한 티를 내지 않기 위해 강하게 나갔다. 상대는 경력 30년의 베테랑이었다. 이미 웬만한 사람은 겪어봤을 테다. 첫 만남부터 내 기를 꺾으려는 건지, 일에 대하여 일장 연설을 했었다. 가만히 듣고 있었다. 대꾸해 봐야 말만 길어질 것 같았다. 그때 알았다. 자기 일에 얼마나 자부심을 갖고있는지를. 논리적으로 받아치는 목수 반장의 말에 더는 할 말이 없었다. 조용히 꼬리를 내렸으면 그걸로 끝날 일을 기어이 한마디 보태며 걷잡을 수 없게 만들어 버렸다. 결국 감정싸움이 되고 말았다. 쓸데없는 자존심과 경우 없는 말 때문이었다.

이틀 동안 그늘도 없는 땡볕 아래에서 무거운 자재를 지고 나르며 완성한 결과물이었다. 경험이 미숙한 나 때문에 작업지시가 잘못 내려졌고, 그걸 미처 인지하지 못한 내 입에서 해서는 안 될 말을 내뱉었다.

"제대로 하신 거 맞아요?"

나이로 치면 아버지뻘인 그분의 자존심을 건드리는 말이었다. 핑계를 대자면 나도 이런 상황이 익숙하지 않았다. 두 달 동안 있으면서 지금 같은 상황을 제일 걱정했었다. 내 지시로 모든 공사는 진행된다. 공사 내용을 제대로 숙지하지 못하면 재공사나 추가공사로 몇 배의 비용이 발생하는 경우가 생긴다. 그래서 처음부터 끝까지 긴장을 늦출 수 없었다. 또 현장은 수시로 변수가 발생한다. 비가 오는 날이 길어지거나, 자재 수급이 원활하지 않거나, 예고 없이 나오지 않는 근로자 때문에 작업을 못 하는 등의 다양한 일이 일어난다. 여러 상황에 적절하게 대처하지 못하면 공사 기간이 늘어나고, 늘어난 기간만큼 추가 비용이 발생한다. 지시하는 나도, 지시받는 근로자도 늘 긴장해야 하는 이유이다. 서로 긴장한 상태에서 어느 한 쪽이 실수를 하면 그동안 눌려있던 긴장감이 일시 폭발해 버린다. 간혹 성격이 거칠고 독단적인 근로자를 만나면 감정이 앞서 험한 꼴을 당하기도 한다.

잘못 뱉은 말이 상대방에게 상처를 내기도 하지만, 잘못을 인정하는 말은 상대방의 상처를 치료하기도 한다. 나처럼 생각 없이 내뱉은 말은 상대에게 상처가 된다. 그분의 말씀처럼 자신이 무시당한 기분을 느꼈다면 분명 내 말이 잘못되었다. 오랜 시간 자부심 하나로 버텨왔을 그분의 자존심에 상처를 낸 거다. 사과는 받는 이의 마음이 무엇보다 중요하다. 이런 마음은 강요로 생길 수 없기 때문이다. 상황을 무마하기 위해 거짓 사과를 하면 오히려 역효과만 날 뿐이다. 잘못을 인정하고 용기 내 사과를 하는 것까지가 내가 할 수 있는 일이다. 사과를 받아줄지 안 받아 줄지는 상대방에게 달렸다. 진심으로 사과했다면 대개 상대방도 마음을 받아주고 다시 이전으로 회복되곤 했었다. 이 일은 내게도 마음의 짐을 남겼다. 상황이 어찌 되었건 해서는 안 될 말이 있다. 앞뒤 사정을 명확히 파악해야 하는 건 선택이 아닌 필수이다. 더욱이 사람과 사람 사이에서는 한 번 더 신중을 기해야 했다.

눈에 보이는 상처는 치료를 받으면 새살이 돋고 흉터가 남지 않는다. 눈에 보이지 않는 상처는 치료할 수도 없다. 그렇기에 말은 내뱉기 전에 조심해야 한다. '말하기 전엔 혀가 무거울수록 좋고, 잘못 뱉은 말엔 혀가 가벼울수록 상처를 덜 남긴다.' 내가 한 말이다. 한 번 내뱉으면 주워 담을 수 없는 게 말이다. 그게 상처가 된다면 더더욱 조심해야 한다. 상처가 된 말을 주워 담을 순 없지만, 진정성 담긴 사과의 말이 상처를 어루만질 수 있다고 생각한다. 자신의 잘못을 인정한 진심을 담은 사과는 말이 낸 상처의 치료제이다.

혀는 무거울수록 좋다

친구니까 그럴 수 있다고 생각했다. 친구니까 이해할 줄 알았다. 악담한 것도 아닌데 그렇게까지 화를 내야 했나? 그 자리에서 이해되지 않았지만, 기분 나빠하는 모습을 보고 바로 사과했다. 한편으론 찜찜했다. 친구 사이니까, 술자리에서 대화 중 그럴 수 있는 것 아닌가? 나쁜 의도도 아니었고, 내가 잘나서도 아니었다. 걱정이 돼서 가볍게 던진 말에 그 친구는 불같이 화를 냈다.

추억을 공유하는 친구가 있다는 건, 발 뻗고 편히 쉴 수 있는 내 방이 있는 것과 같았다. 언제든 나를 맞아주고 마음 편히 쉴 수 있게 해주는 존재다. 길가에 수북이 쌓인 낙엽처럼 아무렇게나 차이던 20대였다. 일 년 중 하루저녁 고등학교 동창을 만날 때면 길바닥 낙엽 대신 첫눈처럼 귀한 대접을 받았다. 그만큼 서로 귀하게 여겼다. 맛있는 음식과 술을 사이에 두고 한 해 동안 쌓아두었던 말 보따리를 풀어놓는다. 엿 같은 상사 뒷담화, 썸녀를 사로잡을 방법, 뼈 빠지게 일해도 채워지지 않는 통장과의 거리감. 몸에 들어가는 술이 많아질수록 입으로 나오는 말도 많아졌다. 끼리끼리 모여 앉고, 자리를 바꿔 앉으며 쉼 없는 대화가 이어진다. 누가 시키지 않아도 일순간 정적이 흐르는 때가 있다. 술도 오르고 입도 아픈 그즈음 잠시 침묵이 흐른다. 그때 친구 J가 괴로워도, 슬퍼도 울지 않겠다는 표정으로 말을 꺼냈다. 잘 다니던 직장에서 잘리게 됐다는 말을 그렇게 밝은 표정으로 말할 수 있다는 걸 그때 알았다. 멘탈이 강해서 그런가? 주변이 술렁이기 시작했다. 준비했다는 듯 여기저기 이어지는 질문에 차분하게 답을 이어갔다. 내가 보기에 J는 이미 마음을 비운 듯 보였다. 그의 태연한 태도에 친구들도 하나씩 마음을 놓는 눈치였다. 그렇게 분위기가 정리되고 다시 달릴 준비를 하려는 찰나, 동창회장인 내가 한마디 던졌다.

"회사 잘리면 나한테 말해. 내가 너는 책임져 준다."

무슨 생각으로 그런 말을 했는지 아직도 모르겠다. 당시 나도 내 앞가림 못할 때였다. 헛바람 들어 사업한답시고 시간만 낭비하고 있었다. 그런 사정을 친구들에게 말하지 않았다. 쪽팔렸다. 적어도 내 앞가림은 하고 있다는 걸 보여주고 싶었던 것 같다. 허세를 부려서라도 당당해지고 싶었던 것 같다. 껍데기뿐인 말에는 공감 받지 못하는 게 당연했다. J는 물론 옆에 있던 친구도 지금 내가 무슨 말을 하는지 의아해하는 눈치다. 아니나 다를까, 기분이 상한 J가 욕을 하며 득달같이 달려들었다. 다행히 옆자리 친구들이 말렸다. 안 말렸으면 한 대 맞아도 이상하지 않을 상황이었다. 누구에게도 이해받을 수 없는 망언이었다. 말은 그렇게 했지만, 한편으로는 J가 걱정된 마음이 더 컸다. 그때 나도 제대로 된 직장이 아니었기에, 안정된 직장에 대해 고민하고 있었다. 새로운 직장을 가지려고 노력도 했지만, 만만치 않았다. 어느 정도 힘들 거라는 짐작이 갔기에 설레발을 쳤던 것 같다. 차라리 그때 공감의 표현을 했었더라면 오해는 사지 않았을 텐데 말이다. 내 마음과는 다르게 표현한 건 온전히 내 잘못이었다.

　J는 그 기분으로 술 마시기 싫다며 자리를 떠났다. 서로의 오해를 풀지 못하고 헤어졌다. 나도 소심한 편이라 먼저 사과할

용기를 못 내고 있었다. 이대로 그냥 시간이 해결해 주길 기다려야 하나? 먼저 연락을 해볼까? 연락하면 받아줄까? 내 마음 편하자고 너무 성급하게 행동하는 건 아닐까? 한동안 불편한 마음으로 지냈다. 내가 불편해하는 걸 하늘도 아셨는지 기회가 생겼다. 얼마 뒤 장례식장에서 마주 앉았고, 그날 있었던 일에 대해 정식으로 다시 한 번 사과했다. J도 그렇게까지 화를 낼 일이 아니었는데, 심란한 마음에 탓에 말이 지나쳤다고 사과를 주고받았다.

20년 전의 일이었다. 그때 나는 대화에 서툴렀다. '혀는 무거울수록 좋다'는 말은 나 같은 사람에게 필요한 말이다. 하지만 혀가 무겁다고 서툰 대화실력이 나아지지는 않는다. 하고 싶은 말만 할 줄 알았지 상대방의 말에 공감하는 방법을 몰랐다. 친구의 푸념을 이해하고 공감했다면 그렇게 허세를 부리듯 내뱉지는 않았을 거다. 그 일로 나는 말하기 전에 한 번 더 생각하게 됐다. 그러나 말을 조심하려고 생각만 했지 고치려는 노력은 안 했던 것 같다. 서툰 부분이 있었다면 고쳐야 했다. 올바르게 대화할 수 있는 사람의 혀의 무게는 상대방을 배려하지만, 그렇지 못한 사람에겐 그저 불편한 침묵일 뿐이다.

2018년부터 책을 읽고 글을 쓰기 시작했다. 책을 통해 나와 비슷한 경험을 한 사람이 어떻게 달라졌는지 배웠다. 배운 걸 나에게 적용해 보기 위해 내가 경험했던 상황을 글로 적었다. 한 장면씩 적으며 상대방의 감정을 짐작해 봤다. 나라면 어떤 감정을 느꼈을까? 나라면 어떻게 반응했을까? 그 상황에 적절한 표현은 어떤 게 있을까? 무엇이 문제였고, 어떤 부분을 고쳐야 하고, 어떻게 하면 더 나은 대화를 할 수 있는지 글을 쓰며 하나씩 배웠다. 다양한 상황을 글로 적어 보며 그에 맞는 표현을 배우고 있다. 아마도 20년 전에 그 일을 겪고부터 달라지기 위해 연습했다면 지금쯤 더 능숙하게 대화를 할 수 있었을 거다. 읽고, 쓰고, 배우며 혀의 무게에 대해 생각한다. 말 한마디가 친구에게 상처를 주었다면, 반대로 말 한마디가 상처를 치료할 수도 있다. SNS에는 얼굴도 알지 못하는 이들을 위해 용기, 위로, 공감, 격려, 희망을 담은 메시지를 전하는 이들을 볼 수 있다. 사진, 글, 그림, 동영상 등 다양한 매체를 활용해 자신의 경험을 나누는 활동이 지친 자신을 위로하는 것 같다며 공감하게 된다. 또, 서점 베스트셀러 코너에도 늘 빠지지 않고 이런 위로를 담은 내용의 책이 상위를 차지하고 있는 것도 같은 이유라 생각한다. 소통 방식이 다양해지면서 얼굴을 보지 않고도 마음을 전할 수 있는 요즘이다. 겉으로 드러나는 표현 방식은 달라도 결국 진정성은 마음에서 마음으로 전해진다고 생각한다. 책을 읽고 글을 쓰면서 글을 통해 전하는 진정성의 힘도 실감한다. 타인이 받은 상처를 위로하고 다친 마음을 치료하는 것 또한 말 한마디에서 시작된다는 걸 조금씩 알아가고 있다. 이렇게 글을 쓰면서.

공감과 동정은 다르다. 상대방을 가여워하거나 처지를 가벼이 여기고 고통을 비교하는 등의 말투나 태도는 동정이다. 반대로 공감은 상대방의 선택, 처한 상황을 있는 그대로 인정해 주는 것이다. 공감과 동정의 가장 큰 차이는 존중의 태도이다. 상대를 존중한다면 어쭙잖은 위로나 문제를 해결해 주겠다고 섣불리 나서지 않아야 한다. 내가 하려는 말이나 태도가 동정인지 공감인지 알 수 없다면, 입을 닫는 게 오히려 위로가 될 수 있음을 기억하자.

후회가 용기를 낳았다

　용기는 나에 대한 믿음에서 나온다. 나를 믿지 못했던 나는 용기보다 후회가 익숙했었다. 시도조차 하지 않고 포기를 선택하면서 후회만 쌓아왔다. 적성에 맞지 않는 일을 20년째 해오면서 하고 싶은 일을 찾을 시도조차 안 했었다. 마흔이 넘어가면서 더는 그렇게 살 수 없었다. 그래서 용기를 냈다. 후회가 생기지 않도록 내가 정말 좋아하는 일을 찾고 싶었다.

　중학교 3학년 때부터 직업을 경험했다. 직장이 아닌 아르바이트였다. 고등학교에 가서도 매 학기 두세 달씩 아르바이트를 꾸준히 했다. 대학을 가서도 레스토랑 서빙, 건설현장, 대형할인점, 공장 등 쉼 없이 일했다. 여러 직종을 옮겨 다니며 일했지만, 그중 직업으로 도전해 볼 일은 찾지 못했다. 어쩌면 깊이 고민해 보지 않았던 것 같다. 그때도 몇 주, 몇 달씩 짧게 일해서 직업으로써 탐구해 볼 기회조차 만들지 않았었다. 아르바이트를 한 이유는 선택한 전공을 위해서였건 것 같다. 돌이켜 보면 전공을 선택했을 때부터 잘못 단추를 끼운 게 아니었을까 싶다. 중학교 3년, 실업계 고등학교를 선택하면서 전공에는 별다른 고민이 없었다. 작은형이 다니고 있던 학교와 과를 별다른 의식 없이 선택했다. 그때는 그게 좋아 보였다. 다른 선택지는 없었다. 그때의 선택이 마흔일곱까지 이어졌다. 적성에 맞지 않는다고 투덜대면서도 다른 직업으로 눈을 돌리지 않았다. 다양한 아르바이트를 경험했으면서도 새로운 직업에 대해 망설이고 주저했었다. 건설업을 선택했고, 내 선택이 옳았음을 증명해 내기 위해 한눈 파는 걸 용납하지 못했던 건 아니었을까? 여러 번 입사와 퇴사를 반복하면서도 늘 같은 길을 걷고 있다는 어쭙잖은 자존심이 아니었을까?

직장을 다니면서도 습관처럼 채용사이트를 뒤졌다. 로그인하면 설정된 업종의 채용 정보가 뜬다. 십수 년째 건설업에 고정되어 있다. 몇 달 만에 겨우 입사해도 또다시 채용 사이트를 기웃거릴 상황이 이어진다. 이번에 다른 직종을 알아볼까 싶어 찾아보지만, 연결고리가 없다. 주변에는 마케팅하던 사람이 영업도 하고, 영업하던 사람이 재무부서에 일하기도 한다. 나도 그러고 싶었다. 건설업이 맞지 않는다고 생각했지만, 뚜렷한 대안이 있는 건 아니었다. 해왔던 일에서 다른 업종과 연결고리가 될 만한 업무 능력이 있는지 고민도 했었다. 그럴 때면 안되는 이유가 셀 수 없이 떠올랐지만, 되는 이유는 찾지 못했다. 도면은 볼 줄 알지만, 재무제표는 모른다. 내역서를 작성할 줄 알지만, 기획서를 써본 적은 없다. 자재를 구매해 본 적은 있지만, 제품을 디자인해 보진 못했다. 안 해 봤고 배우지 않았다는 이유는 시도할 용기조차 못 내게 했다. 서른이 되고, 마흔이 되면서 더 용기를 내지 못했다. 서른에도, 마흔에도 생각만 있을 뿐 시도하진 못했다. 그러니 늘 같은 자리에서 맴도는 걸 당연하게 여겼다. 한 자리에서 빙글빙글 돌면서 내 꼬리 잡는 데만 열을 올렸다.

직업을 바꾸고 싶었다. 이직을 준비하며 기회를 가져보려 했지만, 용기를 못 냈다. 마음만 있었을 뿐 행동으로 옮기진 못했다. 시간과 기회만 흘려보내다 마흔이 넘었고, 이후부터 구직활동에도 변화가 생겼다. 이직할 수 있는 곳이 줄어들었다. 나를 찾지 않는다. 나보다 어리고 경력이 많은 사람이 차고 넘친다. 기업도 이왕이면 젊은 사람을 뽑으려고 한다. 나이와 경력이 많았지만, 남들과 차별화될 만한 게 없었다. 나처럼 차별화를 못 시키면 거들떠도 안 보는 게 현실이다. 안정되고 조건이 좋은 직장은 많이 있다. 그렇다고 나에게까지 기회가 오는 건 아니었다. 직업을 바꿀 기회도 놓치고 이직도 어려워지면서 더 나은 직장을 갖는 건 포기하기에 이르렀다. 4년 전에 옮긴 지금의 직장을 마지막으로 더는 이직하지 않기로 했다. 대신 이번이 새로운 직업을 가질 수 있는 마지막 기회라고 마음먹었다. 돌아갈 배를 태우는 심정으로 각오를 다졌다. 궁지에 몰린 쥐가 일단 상대를 물면 도망갈 기회가 생기든가, 아니면 잡아먹히든가 둘 중 하나인 경우처럼 말이다.

마흔 세 살이 된 첫날부터 책을 읽기 시작했다. 그해 5월, 지금의 직장으로 자리를 옮겼다. 그즈음 책을 통해 나에게 맞는 직업을 탐구했고, 지금의 직장을 다니면서 반드시 새로운 직업을 갖겠다고 다짐했다. 혈기만 믿고 객기를 부릴 수도 없었다. 분별없이 날뛰는 만용을 가질 수도 없었다. 신중을 기해야 했고, 인내가 필요했다. 똑같은 후회를 반복하고 싶지 않았다. 반복해서도 안됐다. 몇 달을 고민하고 탐구한 끝에 글로 먹고사는 직업을 선택했다. 글과는 거리가 먼 삶을 살아와서 배우고 익히는 과정이 필요했다. 또 이 일이 내가 정말 잘하고 오래 할 수 있는 일인지도 확인이 필요했다. 지식을 익히고 재능을 다듬어 반복 숙달하는 과정을 통해 오래 할 수 있는지도 알아야 했다. 그래서 용기를 냈다. 몇 년이 걸리더라도 내가 바라는 직업이 될 수 있도록 견디는 시간을 갖기로 용기를 냈다. 망설이고, 포기하고, 안되는 이유를 찾고 후회만 했던 내가 시도하고, 배우고, 노력하고, 견뎌내겠다는 용기를 냈다.

5년째 매일 같은 일상을 반복하고 있다. 5년 전 용기를 낸 덕분에 지치지 않고 꾸준히 해내고 있다. 그 사이 하나씩 성과도 냈다. 책을 내고, 강연을 하고, 모임을 만들어 운영하고, 내 재능이 필요한 이들에게 도움을 주고 있다. 후회가 안 남는 삶을 살 수는 없다. 어떤 선택을 해도 후회는 남기 마련이다. 중요한 건 후회하고 탓만 하고 있을 것인지, 그렇지 않은 삶을 살겠다고 선택할 지이다. 다른 선택을 할 때는 용기가 필요하다. 시작할 때 용기도 필요하지만, 무엇보다 지속할 수 있는 용기를 갖는 것도 중요하다. 나처럼 직업을 바꾸는 문제에는 더더욱 필요했다. 겹겹이 쌓였던 후회를 있는 그대로 바라보면서 다르게 살고 싶은 희망을 품었다. 희망이 현실이 되기 위해 시도하고, 이겨내고, 꾸준함을 지키는 노력을 했다. 용기는 신념에 따라 행동할 때 생긴다. 그동안 용기를 못 냈던 건 어쩌면 나에 대한 믿음이 부족했기 때문인 것 같다. 할 수 있을까에 대해 의심했고, 하지 못할 거라 단정 지었다. 제대로 한 번 시도해 보지도 않고 말이다. 궁지에 몰린 심정으로 새로운 직업을 갖겠다고 시도했다. 책을 읽고 글을 쓰면서 나 자신을 돌아봤고, 나에 대한 믿음을 키웠다. 믿음이 커지면서 용기도 자랐다. 그동안의 후회에서 벗어날 만큼 단단한 나를 만들게 되었다.

좋아하는 일 대신 의무감에 해야 할 일을 하는 이들이 많다. 그중에는 자신이 무엇을 좋아하는지도 모르는 경우도 있다. 자신이 좋아하는 일을 찾을 수 있는 질문이 있다. '갖고 싶은 모든 걸 손에 넣었을 때 하고 싶은 일이 무엇일까?' 이는 수단으로써의 일이 아니라, 가치를 실현하기 위한 일이 된다는 의미이다. 누구나 이런 일을 갖고 싶지만, 쉽게 얻어지지 않는 게 현실이다. 그렇다고 포기하고 살기엔 삶이 너무 아깝다. 그럴 땐 일단 시도부터 해보자. 꾸준히 하다 보면 자신과 맞는지도 알 수

있고, 설령 맞지 않는다 해도 새로운 재능 하나를 갖게 될 테니
말이다.

글을 쓰자, 글로 표현하자

내 생각에 쌓여서, 안 좋은 것과 쌓여서 좋은 게 있는 것 같다. 쌓여서 안 좋은 건 피부 속 노폐물, 장내 숙변, 쓰레기통 속 쓰레기, 일 때문에 받는 스트레스 등이다. 피부 속 노폐물은 노안으로 가는 지름길이고, 장내 숙변은 독소를 만들어 내고, 쌓인 쓰레기는 악취를 풍기고, 스트레스는 만병의 근원이 된다. 반대로 쌓여서 좋은 건 매일 하루를 돌아보면서 쓰는 일기, 가족 간 대화를 통한 신뢰의 감정, 노력으로 얻어낸 영업 실적, 책을 읽고 얻게 되는 다양한 지식 등이다. 매일 쓰는 일기는 내가 어떻게 살고 있는지 알게 되고, 솔직한 대화는 오해를 최소화하고, 꾸준히 쌓인 영업 실적은 보너스, 승진으로 이어지고, 책을 통해 얻는 지식이 쌓이면 바라는 삶을 살게 되는 계기가 되기도 한다. 또 하나, 하고 싶은 말을 못하고 쌓아두는 것과 하고 싶은 말을 글로 쌓아두는 것이다. 하고 싶은 말을 제때 안 하면 오해가 생기고, 오해는 불신을 낳고, 불신은 모든 관계가 틀어지는 출발점이 되기도 한다. 제때 말을 못하는 건 용기가 없거나, 참을 수밖에 없는 위치이거나, 상황을 악화시키지 않기 위해서일 수 있다. 이 때문에 불이익을 받거나 오해를 살 수도 있고, 예기치 못한 봉변을 당하기도 한다. 그러니 할 말을 제때 못하고 안 하는 것만큼 일생에 도움이 안되는 것도 드문 것 같다. 하지만 누구나 하고 싶은 말을 다 하지 못하는 게 현실이다.

계획 없이 살던 때가 있었다. 계획이 없으니 목표도, 이루고 싶은 꿈도 없었다. 잘 살기 위해 사는 게 아니라 살아내기 위해 사는 시간이었다. 하루 중 자는 시간 말고는 의미 있게 사용하는 시간이 없었다. 그러다 하루 동안 어떻게 살고 있는지 적기 시작했다. 언제 일어나고, 출근 전에 무엇을 하고, 무슨 일을 하고, 언제 퇴근해 집에서 어떤 시간을 보내는지 자세하게 적었다. 적는 것만으로도 어떤 하루를 살고 있는지 눈에 보였다. 나를 위해 무엇을 하고, 무엇을 하지 말아야 할지 알게 되었다. 그렇게 시간 관리를 배우고 내게 필요한 습관을 하나씩 만들어 갔다.

　말이 서툰 나는 2018년부터 글을 쓰기 시작했다. 제때 못했던 말들을 글로 쌓아두고 있다. 블로그, 브런치, 인스타그램, 일기장, 출간한 책 등에 그동안 입으로 못했던 말들을 글로 적어놓았다. 생각이나 느낌을 몇 줄로 적거나, 하고 싶은 말이나 기억할 일들을 매일 기록으로 남겼다. 하루 동안 어떻게 살았는지, 무슨 일 때문에 상사에게 혼이 났는지, 아내와 왜 다투게 되었는지, 딸과 요리를 하며 어떤 감정이 들었는지 등을 상세하게 남기기도 했다. 하루 중 가장 긴 시간을 보내는 직장에서 일어나는 일을 적어 봤다. 어떤 일을 하고 있는지, 상사와 부딪쳤던 일, 그럴 때 내 감정은 어땠는지 적어 봤다. 월급을 받기 위해서라도 직장에 있는 시간은 지켜야 한다. 내 마음대로 줄일 수 없다면 퇴근이라도 정시에 해야 했다. 정시에 퇴근하려면 잔업을 남기지 말아야 한다. 그래서 그날 해야 할 일, 일정이 정해진 일은 무조건 시간을 지키려고 했다. 그렇게 해야 퇴근 후 내 시간이 생기기 때문이다. 또 상사와 부딪칠 때 내 감정을 적어 봤다. 내 감정을 적지만 상대방의 감정도 짐작할 수 있었다. 내 입장이 있다면 상대방의 입장도 있고, 그 상황에서 그럴 수밖에 없었을 거란 짐작과 이해가 됐다. 결국 각자의 자리에서 주어진 일에 온 힘을 다하려면 어쩔 수 없는 선택이었다고 이해되기도 했다. 그러니 굳이 내 감정만 중요하게 여길 필요도, 그 상황에 빠져서 상대방 탓을 할 이유도 없었다. 한 편, 두 편의 글이 쌓일수록 나는 물론 상대방도 이해할 수 있을 것 같았다.

우리 부부는 2년 전 이혼의 위기를 겪었다. 원인은 대화 부족이었다. 대화의 정의는 '마주 대하여 이야기를 주고받음'이라고 한다. 하고 싶은 말을 속으로 담고 있었던 나 때문에 마주해서 이야기를 주고받지 못했다. 아내는 늘 기다려줬다. 언제든 하고 싶은 말이 있으면 들어줄 준비가 되어 있다고 했다. 하지만 중요한 결정, 주말 약속, 강의 수강 등 거의 모든 걸 나 스스로 결정하고 통보하는 식이었다. 내 속으로는 합리화시켰다. '모든 결정은 결국 우리 가족을 위한 것이다'라고. 결국 아내는 이혼을 결심할 만큼 나에 대해 불신을 갖게 되었다. 다행히 지금은 그때의 고비를 무사히 넘겼고, 그때보다 더 자주 대화하고 있다. 고비를 넘길 수 있었던 건 대화를 했기 때문이다. 대화를 할 수 있었던 건 아내의 마음을 이해해 보려는 노력이 뒷받침되었기도 했다. 아내의 마음을 이해하는 것도 중요했지만, 먼저 내가 바뀌지 않으면 해결되지 않는다는 걸 알았다. 내가 바뀌려면 '왜', '어떻게'를 알아야 했다. 하나씩 쓰기 시작했다. 쓰면서 무엇이 문제였고, 왜 안 했는지, 어떻게 해야 하는지 알아갔다. 문제를 마주하니 무엇이 답인지 알 것 같았다. 정답이 아닐 수 있지만, 일단 시도해 볼 가치는 있었다. 그렇게 찾은 '어떻게'가 대화였다. 대화를 통해 조금씩 생각의 거리를 좁힐 수 있었다.

주말에는 내가 식사를 준비한다. 있는 반찬을 먹기도 하고, 재료를 바리바리 사다가 색다른 요리를 해 먹기도 한다. 가끔은 음식을 만들 때 큰딸에게 보여준다. 직접 하겠다는 것도 있고, 궁금한 걸 묻기도 한다. 묻고 답하는 과정을 통해 자연스럽게 대화를 하게 된다. 사춘기를 보내고 있는 큰딸과의 거리를 좁히고 싶은 마음이 크다. 두 딸이 기억할지 모르지만, 마음의 짐을 갖고 있다. 나의 아버지처럼 늘 일에 치여 손이 닿지 않는 곳에 있는 아빠가 되고 싶지 않았다. 힘이 있다는 이유만으로 상처를 주는 아비도 되고 싶지 않았다. 그래서 딸과 있었던 일을 기록했다. 내 행동을 돌아보고 딸들이 어떤 감정을 느꼈을지 짐작해 보며 적었다. 한번은 그렇게 쌓인 글 중 일부를 큰딸이 읽게 되었다. 그 글들이 나에 대해 이해할 수 있는 역할을 해주었다. 드러내놓고 말하지 않았지만, 글이 소통의 도구가 되었고, 그렇게 조금씩 거리를 좁혀간다고 생각한다.

이제는 감히 말할 수 있다. 내 삶은 글을 쓰기 전과 쓰고 난 이후로 나뉜다. 쓰기 전에는 알 수 없는 것들을 쓰게 되면서 알게 되고 얻게 된 것들이 셀 수 없이 많다. 말하지 못해 억울했던 일, 말하지 않아 생긴 불화, 말이 지나쳐 다투었던 일들이 글을 통해 다시 한 번 의미를 되새기게 되었다. 그렇게 쌓인 글들이 내 삶에 어떤 의미가 되고, 내가 어떻게 변화하고 있는지 이제부터 자세히 적어 보려고 한다.

오답 노트는 틀린 문제를 다시 틀리지 않기 위해 작성한다. 틀렸던 문제의 풀이 과정을 반복하면서 오류를 찾고 고치며 똑같은 실수를 반복하지 않는다. 살면서 누구나 실수할 수 있다. 실수를 통해서 반성하고 반복하지 않는 사람은, 그렇지 않은 사람보다 성장할 가능성이 더 크다. 예나 지금이나 성공한 사람은 잘못을 돌아보고 부족한 부분을 채우는 노력을 게을리하지 않는다. 남들이 부러움을 살 만큼의 성공이 아니더라도, 자신의 부족함을 채우는 노력을 게을리하지 않는 게 스스로 만족할 수 있는 성공이라 할 수 있지 않을까?

말이 안되면 글로 소통하면 되지

새로운 직업을 갖고 싶었다. 스물여섯부터 건설업에서 일했다. 처음 몸담았던 인테리어 회사는 4년 만에 사장의 야반도주로 문을 닫았다. 경력도, 경험도 남은 게 없는 허송세월이었다. 서른 살, 지인의 도움으로 제대로 된 직장에 취업했다. 그때는 적성을 따질 때가 아니었다. 내 앞으로 깔린 빚이 있어서 당장 일할 곳이 필요했다. 그렇게 담근 발을 16년째 못 빼고 있었다. 마흔이 넘어가면서 좀 더 안정적인 직장을 다니고 싶었다. 이전까지 8번의 이직은 당장에라도 끊어질 것 같은 밧줄에 매달려 있는 것 같았다. 언제 퇴직할지 모르지만, 그때까지라도 안정적인 직장에서 근무하고 싶었다. 하지만 현실은 나이도 많고 경력도 부족한 내가 갈 수 있는 곳이 없었다. 2018년, 1년 동안 책을 읽고 글을 쓰면서 새로운 직업을 탐색했었다. 막연하게 새로운 직업을 찾기보다 지금까지 해온 일에서 내가 할 수 있는 일이 있을지 알아봤다. 지인 중 나처럼 같은 업종에서 전공을 살려 개인 사업을 하는 이들에게 물었다. 그들의 답은 한결같이 부정적이었다. 직장이 전쟁터라면 직장 밖은 지옥이라는 말이 있다. 그들의 대답은 차라리 버틸 수 있다면 전쟁터에서 살아남으라는 의미였다. 결국 직장을 나오게 되겠지만, 그때까지 충분히 준비하는 게 더 낫다고 했다. 20년을 버텨 온 나를 돌아봐도 천직이라 생각할 만큼 전력을 다했던 적은 없었던 것 같다. 밥벌이로써 이상도 이하도 아니었다. 직장에서도 시키는 일만 잘했지 스스로 나서서 한 적은 없었던 것 같다. 그러니 개인 사업을 한다고 직장 다닐 때보다 더 잘할 거란 보장이 없었다.

다음으로 눈을 돌린 건 자영업이었다. 대부분 직장인이 퇴직할 즈음 끌어모을 수 있는 돈으로 시작하는 장사였다. 당시 정부 통계와 각종 언론에서 쏟아내는 뉴스는 자영업의 전망을 암울하다고 보도했다. 15시간 동안 닭을 튀겨도 직장 월급보다 못 번다는 기사도 있었다. 물론 모든 자영업자의 장래가 어두운 건 아니었다. 일부는 차별화된 전략으로 시장을 선점해 승승장구했다. 그들의 성공한 모습에 현혹되기도 했다. 그 안을 들여다보면 사정은 또 다르다. 남들은 짐작할 수 없는 처절한 노력이 있었다. 과연 내가 그만한 노력과 차별화할 수 있는 능력이 있을지 의문이 들었다. 지레 겁부터 먹었던 것 같다. 되다, 안 된다만 생각하니 아무것도 할 수 없었다. 각오도 없이 덜컹 시작했다간 실패자 통계에 숫자만 더할 것 같았다. 결국 자영업도 답이 아니었다. 또 고민의 시간이 이어졌다. 여전히 책을 읽고 글을 쓰며 질문하고 답을 이어갔다.

《인포프래너》,《부의 추월차선》,《메신저가 되라》 등 여러 권을 통해 '메신저'라는 직업을 알게 되었다. 근사해 보였다. 누구의 간섭도 없이 모든 걸 혼자 할 수 있고, 노력하는 만큼 손에 쥘 수 있는 보상도 많았다. 필요한 건 나의 경험을 나누고자 하는 마음. 더 많은 사람에게 내가 가진 가치를 나누면서 그들을 돕겠다는 마음. 그들에겐 매장이 필요하지도, 초기 자본금이 드는 것도 아니었다. 필요한 것은 전할 수 있는 명확한 가치만 준비하면 됐다. 이런 가치를 사람들은 '콘텐츠'라고 불렀다. 또, 그들이 활동하는 곳도 오프라인, 온라인을 넘나들었다. 온라인을 통해 전 세계로도 연결될 수 있었다. 말 그대로 광활한 시장과 무한한 가능성이 있었다. 그 안에서는 나이도 중요하지 않았다. 오히려 나이는 장점이 될 수 있었다. 공부에는 나이도, 은퇴도 필요 없다. 내가 만들어 낸 유무형의 가치는 숨이 멎은 뒤에도 시간을 거슬러 전해질 수도 있었다. 무엇보다 시도하는 데 아무런 비용이 들지 않고, 실패해도 손해 볼 게 없다는 게 매력이었다. 내가 전할 수 있는 가치를 위해 매일 책을 읽고 글을 쓰면서 깊이를 더하는 걸로 충분했다. 다만 가장 중요한 한 가지는 사람들과 소통할 수 있는 곳이 필요했다.

블로그를 시작했다. 콘텐츠에 대한 고민이나 준비도 없이 무턱대고 시작했다. 무엇을 전할 수 있을지 흐릿했다. 또다시 고민의 시간이 이어졌다. 이번에는 방법을 조금 달리했다. 고민하는 과정을 블로그에 남겼다. 고민하며 적은 글들이 하나씩 쌓여 갔다. 서툰 글 솜씨로 내 생각을 꺼내 보였다. 논리적이지도, 유려한 문장도 아니었다. 날것의 생각과 거친 표현이었지만 사람들은 공감했다. 내가 하는 고민을 그들도 하고 있었다. 누군가는 가려운 곳을 긁어주었다고 했고, 누군가는 나의 도전을 응원해 주었다. 같은 고민을 한다는 이유만으로 얼굴 한 번 본 적 없는 이들과 '소통'을 하게 되었다. 내가 남긴 글에 그들은 글로 말을 걸어왔다. 그들의 글에 나도 글로 답을 했고, 그렇게 대화를 이어갔다. 마음이 맞는 친구와는 다양한 주제로 온종일 대화도 할 수 있다. 서로 마음을 터놓으면 못할 말이 없는 것처럼. 다양한 책을 읽으면서 글로 쓰고 싶은 내용도 다양해졌다. 진로, 은퇴, 가족, 육아, 친구, 돈, 몸에 닿는 모든 것들에 대해 글을 썼다. 내 글에 누군가는 고민을 털어놓기도 했고, 누군가는 아픈 과거를 꺼내 놓기도 했고, 누군가는 위로의 말을 듣고 싶어 했다. 나에게 말을 걸어오는 한 사람 한 사람에게 마음을 다해 말을 건넸다. 그때 알았다. 글의 위력을. 얼굴을 보고 대화하는 것도 공감과 위로를 전할 수 있지만, 온라인 세상에서는 글로써 얼마든지 소통이 될 수 있다는 것을.

1년간의 탐색 끝에 글을 쓰고 가치를 전하는 메신저라는 직업을 선택했다. 어렵게 선택한 이상 제대로 해내고 싶었다. 그런 마음으로 3년을 이어오고 있다. 그 사이 몇 번의 강연, 수백 편의 글을 쓰고 책까지 냈지만, 여전히 말은 서툴고 글재주도 부족하다. 그래도 내 선택에 후회는 없다. 나에게 맞는 직업을 선택했다는 확신은 시간이 갈수록 강해진다. 20년 이상 해왔던 일을 포기했기에 밑바닥부터 시작하는 건 당연하다. 이 일이 내 미래를 책임져 준다는 보장도 없다. 어쩌면 월급쟁이 때보다 수입이 시원찮을 수 있다. 내 가치를 인정받기까지 더 긴 시간이 걸릴 수도 있다. 자칫 발 앞에 공을 차 보지도 못하고 포기할 수도 있다. 반대로 시간이 가고 경험이 더해질수록 나의 천직이 될 수도 있다. 어떤 경우이든 밑지는 장사는 아니라고 생각한다. 설령 실패해도 그 시간 동안 배우고 익힌 것들은 다른 일에도 얼마든 활용할 수 있다. 실패든, 성공이든 아직 어느 곳에도 닿지 않았다. 하지만 한 가지는 명확하다. 매일 책을 읽고 글을 쓰고, 쓴 글로 사람들과 소통할 때면 나 스스로 가치 있는 사람이 되고 있다고 느낀다. 단 한 사람일지라도 내 글과 말에 0.1도의 변화만 생긴다면 충분히 가치 있는 일이리라 믿는다. 20년 동안 해온 일에서 느껴보지 못한 감정을 이 일을 통해서 알아가고 있다. 나 또한 사람들의 작은 변화를 양분 삼아 느리지만 어제보다 나은 오늘을 산다.

비단잉어는 자라는 환경에 따라 크기가 달라진다고 한다. 어항의 크기에 따라 작게는 5센티미터에서 큰 건 120센티미터까지 자란다. 일본어로 비단잉어를 '코이'라 하고, 우리가 아는 '코이의 법칙'이 여기서 나온 말이다. 변해야 살 수 있는 건 사람도 마찬가지다. 변화를 받아들이지 않거나 스스로 변하지 않는다면 모든 게 갖춰진 환경에서도 살아남지 못할 수 있다. 반대로 스스로 변화를 선택했다면 환경은 아무런 영향을 주지 않는다. 이 세상에서 절대 변하지 않는 유일한 진리는 '모든 것은 변한다'는 것이다. 변화를 피할 수 없다면 기꺼이 받아들이겠다는 긍정적인 태도를 갖는 것도 변화의 출발점이 될 수 있다고 생각한다.

말보다 글이 필요한 때

　사장님께서 잔소리로 책을 읽으라고 하셨고, 속는 셈 치고 올 1월부터 책을 읽기 시작했습니다. 처음엔 호기심으로 읽으니 재미있었습니다. 지금은 일과가 되어 매일 습관처럼 읽고 있습니다. 지금껏 읽은 책보다 최근 4개월간 읽은 책이 훨씬 많을 정도로 제 인생을 바꿔 놓았습니다. 짧은 기간 다양한 책을 읽으며 작게나마 깨달은 게 있었습니다. 생각한 게 있거나 원하는 게 있으면 행동으로 옮기라는 겁니다. 그 과정에서 성공이든, 실패든 결과보다는 경험이 중요하다는 의미입니다. 그렇게 쌓인 경험들이 저 자신을 더 크게 성장시켜 준다는 것이었습니다. (중략)

사장님은 제게 인생의 큰 선배님입니다. 그동안 걱정과 관심 둬 주신 점 깊이 감사드립니다. 단언컨대 사장님을 만나기 전과 지금의 제 모습은 분명 달라졌습니다. 앞으로 좋은 일만 있지 않을 겁니다. 그래도 앞으로의 저는 책을 통해 좀 더 현명한 판단을 내릴 방법을 사장님의 잔소리 덕분에 배울 수 있었습니다. 어디에 있든 책을 통해 배우며 제 인생에 온 힘을 다하겠습니다.

2018년 5월, 이직을 준비하면서 다니던 직장 사장님에게 보낸 편지 일부분이다. 지금 다시 읽어보니 맞춤법, 문장, 단어, 내용 어느 것 하나 제대로 된 게 없다. 옮겨 적으며 손을 봤기 망정이지 내가 사장님이었다면 이걸 편지라고 썼느냐며 따지고 들었을 것 같다. 만약 지금의 내가 다시 편지를 쓴다면 이것보다는 아주 조금은 낫게 쓸 수 있을 것 같다. 이 편지를 쓰기까지 2주 동안 사장님과 실랑이가 오고갔다. "지금처럼 중요한 때 김 차장이 나가면 회사가 휘청한다."라고 말은 했지만, 진심이 아닌 건 잘 안다. 방심했으면 그 말을 믿고 그대로 눌러앉았을 수도 있었다. 아무리 규모가 크든 작든 직원 한 명 빠진다고 멈추는 회사는 없다. 다만 새로 사람을 구할 때까지 기존 직원들이 손과 발이 바빠질 뿐이다. 내가 없으면 회사가 잘 안 돌아간다고 믿는 건 순진한 착각이다. 두 번째 꺼내든 카드가 인사고과였다. 면담하면서 처음 알았다. 당시 회사에서도 인사고과로 평가하고 있었다는 걸. 사장님은 인심 쓰듯 인사고과도 좋은데 굳이 나가려고 하느냐고 했다. 인사고과가 어떤지 내 눈으로 보지 않았으니 알 수는 없었다. 한편으론 인사고과가 좋을 수밖에 없는 조직이었다. 내가 근무한 부서에서는 내가 선임이면서 막내였으니 객관적인 비교 자체가 불가능했다. 남들이 하기 싫어하는 온갖 잡무를 다 하는데 인사고과라도 잘 줘야지, 그것도 신경 안 써 주면 도리가 아닌 거였다. 연달아 날아오는 펀치를 피하고 안도하던 찰나, 회심의 한 방을 날렸다. 내 자리를 지키는 조건으로 지금 연봉에서 5퍼센트를 올려주겠다고 했다.

50퍼센트도 아니고 5퍼센트? 50퍼센트를 바라지도 않지만 적어도 현실성 있는 숫자가 나왔으면 마음이 혹했을 수도 있었다. 당시 사장님은 나보다 늦게 입사해서 내가 연봉을 낮춰 온 걸 몰랐던 것 같다. 사장님이 제시한 5퍼센트를 더해도 이전 직장에서 받던 연봉에는 한참 못 미쳤다. 연봉에 대해서는 아무런 반응을 보이지 않았다. 괜히 서운한 기분만 더 들었다. 하소연, 인사고과, 연봉의 3콤보를 날리며 면담을 했지만 내 의지는 꺾이지 않았다. 오히려 더 확고해졌다. 이직을 결심하면서부터 붙잡는다고 붙잡힐 마음은 1도 없었기 때문이다. 사장님은 나를 상대하기 버거웠는지 회장님과의 면담을 뒤이어 잡았다. 회장님은 나를 채용해 주신 분이었다. 일도 더 많이 해서 서로의 성격을 어느 정도 파악하고 있었다. 회장님은 돌려서 말하지 않았다. 깊이 고민해 보고도 꼭 가야겠다면 붙잡지 않겠다고 했다. 앞에서 쿨해 보였지만, 사실 회장님은 직원을 아끼는 분이다. 그들이 느끼는 것 이상으로. 다만 경영자로서 불가피한 선택을 함으로써 직원들의 오해를 살 수밖에 없는 위치였다. 회장님과의 면담 후 많이 흔들리긴 했다. 이 전해 겨울, 한 달 동안 회사를 살리기 위해 길 위에서 개고생했던 걸 생각하면 더 많은 보상을 받을 때까지 버티는 게 맞을 수도 있었다. 모든 직원이 합심한 결과로 회사를 살려놓기는 했지만, 눈앞의 보상보다 더 좋은 회사가 되길 바라는 마음이 컸었다. 하지만 회장님 이하 임원들은 직원들의 기대에 못 미치는 방향으로 회사를 운영했다. 그런 모습에 실망했던 것도 이직을 결심하는 데 한몫했다. 회장님과의 면담 후 시간을 끌지 않고 답을 했다. 달라진 건 없었다. 회장님도 내 대답을 듣고 더는 붙잡지 않았다. 이제 다시 공은 사장님께 넘어갔다. 사장님은 최후의 카드로 뭉개기를 꺼내든 것 같았다. 퇴직 처리에 대한 어떤 조치도 없이 다시 면담하자는 말만 남기고 도망 다니듯 바쁘게 다니셨다. 옮기기로 한 곳에서는 하루가 급하다고 재촉하고, 사장님은 대화할 틈을 주지 않으니 답답할 노릇이었다. 그래서 결국 꺼내든 게 편지였다.

내가 보낸 편지를 받기 전부터 포기했던 건지, 내 편지를 읽고 놓아주기로 했던 건지는 알 수 없었다. 사장님은 내가 보낸 편지를 읽은 다음 날 아침, 내 뜻대로 해주겠다고 했다. 결과만 놓고 보면 편지를 쓴 건 현명한 선택이었다. 사장님은 아마 내가 편지를 보낼 거라고 예상하지 못했던 것 같다. 나는 제때에 할 말을 하는 직원은 아니었다. 의견이 있어도 누군가 해주겠지, 고생하면 나중에 알아주겠지, 나이도 어리니까 당연히 참는 게 맞겠지, 라며 한 발 물러났었다. 이직을 결심한 것도 참고, 말 안 하고, 기다린다고 알아주는 사람도 없고, 원하는 만큼의 보상도 기대할 수 없다는 걸 알았기 때문이다. 바라는 게 있으면 스스로 행동하지 않으면 누구도 내 앞에 가져다주지 않는다. 그렇다고 목적만 생각해 경솔하게 행동해서도 안된다. 이직하고 은퇴하더라도 사람은 돌고 돌아 언젠가 다시 만나게 된다. 그러니 어느 조직에 있든 시작할 때의 인상과 헤어질 때 모습에 정성을 다해야 한다고 배웠다. 내 욕심만 앞세워 사장님과 부딪쳤다면 아마 안 좋은 인상을 남기고 헤어졌을 수도 있다. 비록 다시 꺼내 읽기 힘들 정도의 조악한 내용의 편지였지만,

진심을 담아 전한 편지 덕분에 웃으며 헤어질 수 있지 않았을까 생각한다. 얼굴을 마주하고 눈을 바라보며 말하는 것만큼 진실된 대화는 없다. 특히 인생이 걸린 중요한 문제일수록 진솔한 대화가 중요하다. 그러나 때에 따라서는 진심을 꾹꾹 눌러 담은 한 편의 글이 오히려 더 효과적인 대화법이 될 수도 있다는 걸 이때 알게 되었다.

2020년 지방 선거가 한창이던 대구, 어느 카페에서 사장님을 마주쳤다. 안부만 물을 만큼 짧은 시간이었지만 편하게 마주할 수 있었다. 사장님도 급하게 나가시면서 곧 다시 보자는 말을 남기셨다. 그때 그렇게 말할 수 있었던 것은 서로의 마지막이 좋은 모습으로 남아 있었기 때문은 아닐까 조심스레 생각해 봤다.

말과 글은 대표적인 소통의 도구다. 상대방에 따라 말이 잘 통하기도 하고 그렇지 않기도 하다. 소통의 목적은 원활한 관계를 맺기 위함이다. 살다 보면 사람 사이에 불통은 생기기 마련이다. 불통이 이어지면 결국 관계에서 균열이 생기게 된다. 일이 힘든 건 참아도 사람이 불편한 건 못 참는다고들 한다. 그만큼 원만한 관계는 삶의 질에도 영향을 줄 수 있다. 그렇다고 피하거나 매번 싸울 수만도 없다. 인류가 도구를 사용하며 발전해 왔듯, 소통에도 문제가 있다면 도구를 달리해 보면 어떨까? 말이든 글이든 진정성은 사람을 움직이는 강력한 힘을 발휘할 수도 있을 테니 말이다.

7

내 경험을 글에 담아

단둘이하는 대화도 힘들었다. 목소리 큰 사람을 만나면 더 주눅이 들었다. 해야 할 말은 못한 채 듣기 싫은 말만 듣고 있어야 했다. 상대방이 싫어할 말은 꺼내지도 못했다. 억울한 일을 당해도 내 잘못이겠거니 여겼다. 당연한 권리도 주저하며 눈앞에서 잃고 말았다. 고쳐보려고 했다. 책도 읽어보고 신문 기사를 외우기도 했다. 거울을 보고 웃으며 인사하는 것도 연습했다. 꾸준하지 못한 탓에 얼마 못 가 포기하기를 반복했다. 그럴수록 대화에는 소극적이 되어갔다. 사람을 만나는 것 자체가 싫어지기도 했다. 직장에서도 이런 성격이 드러났다. 일을 주도적으로 하기보다 끌려가기 바빴다. 거래처에서 요구하는 대로 따라주거나 회사에 손해를 끼쳐도 싫은 소리 한 번 듣고 말자며 넘겨버렸다. 그때는 나만 욕먹으면 더 불편해질 일이 없다고 생각했다. 불가항력이라고, 그렇게밖에 할 수 없었다는 변명만 댔다. 직장상사도 이런 나를 답답해했다. 잔소리를 듣고 질책을 받았지만 달라지지 않았다. 직장에서 마찬가지로 악순환이 반복되었고, 전보다 더 사람에게서 멀어지고 싶었다.

책을 읽으면서 모든 게 변하기 시작했다. 6개월 동안 매일 책을 읽었다. 100여 권을 읽고 나니 글을 쓰고 싶었다. 어디서부터 용기가 났는지 모르지만 쓸 수 있을 것 같았다. 조금씩 쓰기 시작했다. 쓴 글을 사람들에게 보여주기 시작했다. 몇 안 되는 사람에게 보이는 것도 용기가 필요했다. 눈 한 번 질끈 감고 세상에 드러냈다. 한 번 하니 두 번을 할 수 있을 것 같았다. 두 번 하니 세 번은 쉬웠다. 세 번도 했는데 네 번을 못할까? 그렇게 매일 글을 써서 세상에 내놓았다. 1년을 썼다. 책을 읽기 시작하고 글을 쓰며 1년 6개월을 보냈다. 시간이 나를 단단하게 만들었던 것 같다. 매일 읽고 쓰면서 말도 할 수 있을 것 같았다. 글로써 사람들에게 내 생각을 말했고, 내 말에 귀 기울이는 이들이 있다는 데 힘이 났다. 어차피 나는 경험이 없다. 나에게서 유명 강사의 그것을 바라지도 않을 거다. 나만이 줄 수 있는 게 있고, 나에게 바라고 얻고 싶을 게 있을 터였다. 무슨 일이든 잘하고 못하고는 중요하지 않다. 그 일에 마음을 다하느냐 그렇지 않느냐가 더 중요했다. 마음을 다하면 잘하는 건 당연히 따라오는 거였다. 진심은 없이 잘 보이고만 싶으면 실수를 하고 중요한 걸 놓치게 된다. 잃을 것도 없다고 생각하니 말하기가 한결 수월해졌다. 오히려 내려놓을수록 얻어지는 게 많아졌다. 이런 마음과 노력 덕분에 몇 번의 강의를 할 수 있었다.

책을 주제로 강의를 했다. 내공이 부족해서 더 많은 기회를 갖지 못했다. 나 자신도 강의할수록 부족함을 느꼈다. 그래도 내 이야기를 듣고 도움이 됐다는 사람이 많았다. 오롯이 내 경험이 그들에게 새로운 가능성을 준 것이었다. 그동안 책을 읽고, 글을 쓰고, 강의하면서 내 나름의 가치관과 성과를 만들어냈다. 몇 번의 강의를 준비하며 이런 내 생각의 틀을 잡았다. 내 생각이 담긴 글이 제법 모여 있었다. 여기저기 흩어져 있던 것들을 모았다. 독서와 글쓰기를 주제로 모은 글을 몇 가지 소주제로 다시 모았다. 그렇게 분류하고 다시 정리하니 한 권의 책이 될 수 있을 것 같았다. 이미 SNS를 통해 글의 위력을 실감했기에 책으로 엮어볼 욕심이 생겼다.

전자책 출간으로 방향을 정했다. 종이책을 추천했지만 나는 생각이 조금 달랐다. 전자책이 사람들에게 좀 더 쉽게 가 닿을 수 있을 것 같았다. 분량도 적어서 읽기에도 부담이 적을 것 같았다. 내 딴에 욕심이 있었다. 종이책은 안 사 읽어도, 전자책은 그나마 읽을 것 같았다. 종이책보다는 전자책을 접할 기회가 많다고 판단해서다. 주제에 맞는 새 글을 쓰기 시작했다. 주제의 뒷받침 내용은 미리 써 놓은 글을 가져왔다. 각각의 주제에 읽으면 도움이 될 책도 선별했다. 초고부터 퇴고까지 꼬박 25일 걸렸다. 글만 쓸 때와 책을 쓸 때는 달랐다. 그래도 짧은 기간에 쓸 수 있었던 건 전자책 이전에 종이책을 써 본 경험이 있어서였다. 매주 꾸준히 책 쓰기 수업을 들어둔 덕을 봤다. 그렇게 완성된 초고를 출판사에 투고했다. 전자책을 전문으로 다루는 출판사 위주로 투고했다. 운이 좋았던 것 같다. 투고 후 바로 계약으로 이어졌다. 출판사 편집자의 퇴고를 두 번 더 거친 뒤 세상에 나왔다.

책이 출간됐지만, 손으로 만져볼 수는 없었다. 종이책은 작가의 사인을 담아 선물하기도 하지만, 전자책은 그러지 못했다. 꼭 선물해야 할 분들에겐 이메일로 전달했다. 종이책이 주는 감흥을 경험해 보진 못했지만 나에게 특별한 의미를 남겼다. 살기 위해 변화를 선택했다. 변화를 경험하면서 더 큰 가치를 배웠다. 책을 읽고 글을 쓰면서 더 큰 가치가 무엇인지 알아갔다. 내가 배운 것들을 내 안에 머무르게 하기보다 끊임없이 흐르게 하는 게 결국엔 나의 성장이 된다고 했다. 흐르게 하는 가장 좋은 방법이 타인에게 베푸는 것이다. 나의 경험과 지식을 나누는 방법은 다양하다. 그중 나는 강연과 책 쓰기를 선택했다. 글을 쓰면서 재료를 모았고, 강의하면서 조리를 했고, 책을 내면서 비로소 하나의 음식을 완성했다. 솜씨가 부족해 맛이 없고 모양이 투박할 수도 있다. 하지만 정성은 유명 조리사 못지않다고 자부한다. 같은 요리도 20년 경력의 맛과 4년된 조리사가 만들어 낸 맛은 다를 수밖에 없다. 경력이 부족한 조리사는 조리법대로 따라 하며 경험을 쌓아간다. 간혹 양념을 빼 먹기도 하고, 순서가 바뀌기도 하면서 배워간다. 솜씨가 부족한 조리사가 만든 음식도 누군가에겐 최고의 요리가 될 수 있다. 한 끼가 절실한 이들에겐 밥에 반찬만 있어도 진수성찬일 수 있다. 음식은 누가 만드느냐보다 무엇을 만드느냐가 더 중요한 것 같다. 그 안에 들어가는 재료가 조금 부족해도 한 끼로써 충분히 가치가 있다면 무엇과 바꿀 수 없는 식사가 될 수 있다. 내 경험이 아직은 부족할 수 있다. 경험은 시간이 더해지고 배움을 이어갈수록 쌓여갈 것이다. 충분히 쌓이고 난 뒤 나누려 한다면 그때는 안 올 수도 있다. '충분히'라는 기준이 없기 때문이다. 부족해도 지금 내가 줄 수 있다고 생각하면 행동으로 옮기면 된다. 내가 쓴 글을 모아 한 권의 책을 낸 것처럼.

상대와 마주했을 땐 말이 소통의 도구다. 저자와 나 사이는 책이 소통의 도구다. 독서는 관심 있어 하는 주제에 대해 저자의 생각을 듣는 것이다. 저자의 생각을 통해 정보를 얻고, 다른 관점을 배우고, 이전과 다른 행동으로 이어지기도 한다. 바둑은 수 싸움이라고 한다. 상대의 수를 미리 간파할수록 이길 수 있는 가능성이 높아진다. 전쟁에서도 적의 전략을 간파하면 이길 수 있는 방법을 찾게 된다. 우리 삶도 바둑과 전쟁에 비유하곤 한다. 어떤 싸움이든 상대의 전략을 알아야 이길 수 있다. 바둑의 수, 전쟁의 전략과 같은 지혜를 우리는 책을 통해 얻을 수 있다. 나보다 먼저 경험하고 익힌 이들이 쓴 책을 통해 내게 필요한 전략을 배울 수 있다. 그렇게 배운 전략으로 나 또한 내 삶의 승자가 될 수 있다. 한 발 더 나아가 나의 성공 경험을 또 다른 이를 위해 나눌 수 있다면, 이 또한 삶의 가치를 더하는 게 아닐까?

8

글로 못 쓸 말은 없다

아내와는 13년 동안 한이불 덮고 잤지만, 방귀를 못 텄다. 같이 있는 동안 배 속에서 신호가 오면 방을 옮겨가며 밖으로 빼낸다. 옮겨 다니는 게 여의치 않을 땐 소리가 작게 들리는 안방화장실을 이용한다. 그나마 아이들과는 일찍부터 텄다. 아내 없이 아이들만 있을 땐 장소 불문하고 바로바로 해소한다. 아이들도 이런 나의 이중성을 잘 알고 있다. 나의 이런 노력(?) 덕분에 아이들도 엄마 아빠 앞에서는 아무렇지 않게 방귀를 뀐다. 방귀 못지않게 대화도 자연스럽다. 하루 중 유일하게 둘러앉는 저녁식사 시간. 분위기가 한결 좋아지고 있다. 나에게 화가 많았을 때는 아이들도 밥상에 앉기 싫었을 거다. 다행이라고 해야 할지, 그때의 일을 슬쩍 물어보면 기억이 안 난다고 말한다. 보민이는 아주 가끔 짜증스러운 표정으로 밥상에 앉지만, 그것도 잠시다. 엄마가 차려 놓은 밥과 반찬이 입으로 들어가면서 기분도 좋아지는 것 같다. 몇 입 먹고 나면 언제 그랬냐는 듯 재잘대기 시작한다. 채윤이도 언니를 따라 질세라 재잘댄다. 엄마와 두 딸의 대화에는 내가 끼어들 틈이 없다. 입으로는 밥을 먹고, 눈으로는 아이들을 보고, 귀로는 이야기를 듣는다.

방귀를 참으면 건강에 안 좋다고 한다. 음식을 먹고 난 뒤 소화 과정에서 가스가 생긴다. 가스가 생기는 건 자연스러운 현상이다. 사람은 하루 평균 13~25회 방귀를 뀐다고 한다. 이를 제때 배출하지 못하면 몇 가지 문제가 생긴다. 복부가 팽창하면서 통증을 일으키고, 장 기능이 떨어지면서 변비가 되기도 하고, 대장 점막에 흡수된 가스가 모세혈관을 타고 돌고 돌아 입으로 나오기도 한다. 방귀 성분은 주로 이산화탄소, 암모니아, 질소 등으로 몸에 유해하다. 이런 독소 성분이 배출되지 못하면 피부에도 영향을 줄 수 있다. 자연스러운 현상을 자연스럽게 해결하지 못하면서 건강에도 안 좋은 영향을 끼친다. 사람 사이에 대화도 자연스러운 일이다. 음식을 통해 에너지를 얻고 건강을 유지하듯, 대화를 통해 관계도 돈독하게 유지될 수 있는 것 같다. 방귀가 생기는 것은 몸이 건강하다는 신호이기도 하다. 몸의 기능이 정상적으로 작동하고 있다는 의미이다. 건강한 관계라면 하고 싶은 말, 해야 할 말을 하는 건 지극히 정상적인 활동이다. 나처럼 정상적인 활동을 정상적으로 못하니 그동안 여러 문제를 겪게 되었던 것 같다. 마치 방귀가 쌓여 배가 아프고 변비가 되는 것처럼 말이다.

말을 못해 그동안 내 몸에 쌓였던 억울하고, 잘못하고, 실수했던 일들을 글로 풀어내고 있다. 십수 년 지난 일도, 며칠 전의 일도 말로 못했던 그때를 방귀 뀌듯 하나씩 끄집어내고 있다. 어떤 일은 배가 찢어지게 아픈 뒤에야 끼기도 했고, 어떤 일은 속에서만 요란했지 막상 나오니 소리도 냄새도 없는 그런 방귀였다. 또 어떤 일은 여전히 끄집어낼 수 없을 만큼 깊은 곳에 자리한 것도 있다. 건드리면 상상할 수 없는 심한 악취를 풍길 것 같아 손도 못 대겠다. 아마 아직 용기가 없어서인 것 같다. 다행인 건 이렇게 글을 쓰는 덕분에 어디에 어떤 방귀가 자리 잡고 있는지 알게 되었다는 것이다. 불과 4년 전만 해도 내 안에 무엇이 들어 있는지조차 모르고 살았다. 그것들이 나를 좀먹고 있어도 눈치 채지 못하고 있었다. 나오면 나오는 대로, 안 나오면 안 나오는가 보다 하고 말았다. 나를 남 보듯 하며 살았다.

수십 권의 책을 읽고 1년 넘게 식단관리를 하면서 배운 게 있다. 내 몸을 위해 좋은 음식을 먹는 것만큼 몸속의 노폐물을 제때에 빼내는 것도 중요하다는 것이다. 그중 장 속 노폐물, 즉 똥은 매일 비워내야 한다. 하루 이틀 쌓이면서 해로운 가스를 만들어 내고, 가스가 몸속을 돌면서 건강한 세포에도 영향을 끼친다. 나도 하루만 똥을 못 싸도 장에서 만들어진 가스가 온몸을 타고 돌아 얼굴에 열이 나는 것 같고, 심하면 머리가 아픈 걸 경험하기도 했다. 장이 건강하면 보통 하루에 한 번 화장실을 간다고 한다. 식단관리를 하지 않았을 때는 전날 먹고 난 배설물을 다음 날 아침에 먹은 음식으로 밀어내듯 매일 화장실을 갔었다. 장에게 쉴 틈을 주지 않았던 것이다. 식단관리를 시작하면서 몸속의 노폐물을 빼내기 위해 일정 시간 공복을 유지한다. 그 사이 장 활동에 도움을 주기 위해 유산균을 먹는다. 이후 공복을 유지한 덕분인지 그래도 매일 일정한 시간에 장을 비우고 있다. 적게 먹고 매일 장 청소를 하니 가스가 만들어질 틈이 없는 것 같다. 가스가 안 생기니 정신도 항상 맑은 상태를 유지한다. 우리 삶에도 이런저런 가스가 발생하기 마련이다. 뜻대로 되지 않는 일도 있고, 계획했던 일이 틀어지기도 하고, 좋았던 관계가 서로의 욕심으로 망치기도 한다. 그냥 놔두면 독소가 되어 내 삶을 망가트리게 된다. 살면서 생기는 다양한 문제들, 말을 잘 못해서 생기는 여러 일에 대한 내 나름의 해결 방법으로 글쓰기를 선택했다. 매일 유산균으로 장을 청소하듯, 매일 글을 쓰면서 내가 가진 문제를 하나씩 청소해 가려고 한다. 시간이 오래 걸리는 문제도 있고, 쓰면서 바로 해결되는 문제도 있다. 쓰게 되면서 문제가 다른 문제를 만드는 걸 막을 수도 있었다.

한 끼를 먹으면 소화되는 데 보통 8~12시간이 소요된다. 식단관리 전에는 매일 8시간 간격으로 밥을 먹었다. 음식을 소화하느라 몸이 쉴 틈이 없었던 거다. 그러니 체중도, 몸속의 수치도 나아지지 않았다. 우리 몸은 소화를 다 시키고 공복을 유지하는 동안 세포가 다시 건강해진다고 한다. 위도, 장도, 간도 마찬가지다. 잠시 쉬는 동안 다시 회복된다는 의미이다. 몸을 쉬게 해주듯 우리 일상에도 휴식이 필요하다. 쉼에는 여러 방법이 있을 테다. 가벼운 산책, 낮잠, 독서, 취미활동 등 오롯이 자신에게 집중하는 시간을 통해 회복하게 된다. 여기에 글 쓰는 시간을 더해보는 건 어떨까? 글을 쓰기 위해 모든 걸 멈추어야 한다. 요리를 하면서 글을 쓸 수 없고, TV를 보면서 쓸 수 없고, 책을 읽으면서도 쓸 수 없다. 온전히 나에게 집중했을 때 글을 쓸 수 있게 된다. 그렇게 집중하는 시간이 세포가 다시 회복되는 시간과 같은 역할을 할 테다. 멈추고 나와 마주하며 쓰는 글, 그 순간 쓰지 못할 글은 없다. 나를 위해, 나를 돌아보며 쓰는 글들이 정신없이 살았던 나를 원래의 나로 되돌려 놓을 수 있을 거라 믿는다.

열매를 많이 수확하고 싶으면 씨앗을 더 많이 뿌려야 한다. 씨앗 중에도 건강한 것과 그렇지 않은 게 있고, 땅에도 비옥한 곳과 그렇지 않은 곳이 있기 때문이다. 우리도 만족스러운 삶을 위해 다양한 시도의 씨앗을 뿌린다. 과정이 좋아서 원하는 결과를 얻기도 하고, 실수로 인해 원치 않는 결과를 손에 쥐기도 한다. 처음이 좋았다고 두 번째가 좋으리라는 보장도 없다. 한 번 성공했다고 다음 성공이 보장되는 것도 아니다. 중요한 건 비옥한 땅은 비옥하게 관리하고, 영양이 부족한 땅에는 더 많은 정성을 들이는 노력이다. 자신에게도 좋은 부분과 그렇지 못한 부분이 존재한다. 이 둘의 균형을 맞추며 성장할 수 있는 자신만의 방법이 필요하다. 그게 휴식일수도, 운동일수도, 취미일수도,

공부하고 익히고, 책을 읽고 글을 쓰는 것일 수도 있다. 결국 나에게 정성을 들이는 만큼 내 삶의 만족도 높아질 수 있다고 믿는다.

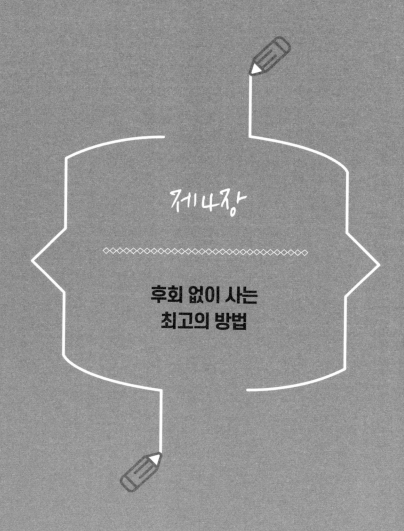

제4장

후회 없이 사는
최고의 방법

억울한 상황을 써 보기

영화를 좋아해 극장에 자주 간다. 영화를 고르는 기준은 단순하다. 영화다운 영화를 좋아한다. 현실에서 일어나지 않을 일을 경험할 수 있다면 망설이지 않고 극장을 찾는다. 제목에 이끌려 보기도 하지만, 대부분은 예고편을 통해 분위기를 짐작하고 간다. 틈틈이 포털 사이트 영화 카테고리에 올라오는 예고편을 즐겨 보는 편이다. 예고편은 한 편의 내용을 함축적으로 보여준다. 어떤 느낌의 영화일지를 가늠해 볼 수 있다. 어떤 영화는 예고편 때문에 흥행에 성공하기도 한다. 물론 본편을 본 관객의 기대를 충족시켜 준다면 흥행은 당연하다. 반대로 예고편이 엉성하거나 아예 없다면 그만큼 흥행도 기대할 수 없다. 예고편의 역할은 본편에 대한 기대와 흥미를 이끌어 낸다. 반대로 당장 1초 앞도 내다보지 못하는 게 우리의 인생이다. 우리에게 일어나는 거의 모든 일은 예고 없이 일어난다. 그게 좋은 일이든, 나쁜 일이든 말이다. 그러나 예고 없이 일어날 것 같은 일에도 예고편이 존재한다면 어떨까?

그날도 평소와 같은 시간에 집을 나섰다. 7백만 원 주고 산 10년 넘은 중고차가 내 발이었다. 지하 주차장을 빠져나와 도로에 올랐다. 늘 가던 길이었고 새벽이라 차도 없었다. 출발한 지 10분 만에 차가 멈춰 섰다. 그것도 도로 한가운데 1차선이었다. 엔진룸에서 무언가 부딪치는 둔탁한 소리가 나더니 속도가 줄어들었다. 그러더니 시동이 꺼졌다. 다시 시동을 걸어봤지만 먹통이었다. 여러 번 반복해도 전혀 말을 듣지 않았다. 차를 이동시키려면 견인차가 필요했다. 견인차가 오는 동안 도로 한가운데서 수신호를 해야 했다. 새벽, 차들이 달리고 있는 도로 한복판에서 멈춰 선 차 뒤에서 수신호를 하는 상황이 어이없었다. 구매한 지 6개월도 안된 중고차였다. 중개업자는 분명 깨끗하게 수리되었다고 했다. 겉만 말끔하게 손을 봤던 것 같다. 부품 상태가 어떤지는 중개업자의 말을 믿을 수밖에 없었다. 잠시 뒤 견인

차가 왔고 가까운 정비소 옮겨졌다. 차를 뜯어보니 수리비가 2백만 원이 넘겠다며 견적서를 보여줬다. 더 어이가 없었다. 7백만 원을 준 중고차가 졸지에 1천만 원짜리가 되었다. 안 고칠 수도 없었다. 끓어오르는 마음을 억누르며 중개업자에게 전화를 했다. 한참 실랑이했지만, 결론은 자신에게 책임이 없다는 말뿐이었다. 이 일을 겪고 다시는 중고차를 사지 않겠다고 다짐했다. 차는 둘째 치고 중개업자를 믿을 수 없게 되었다. 팔면 그만이라는 식의 영업 때문에 애먼 나 같은 소비자만 피해를 보는 것이다. 개중에는 양심적인 중개업자와 뽑기 운이 겹쳐 문제가 없는 차를 사는 이도 있다. 수백, 수천만 원이 오고가는 거래를 운에 맡긴다는 건 이해할 수 없었다. 대개 이런 일을 겪고 나면 다음에 어떻게 대처해야 하는지를 배우게 된다. 물론 나처럼 큰 비용을 내지 않고도 배울 기회도 있다. 영화의 예고편처럼 책이나 글, 유튜브, 인터넷 검색 등을 통해 미리 배울 수도 있다. 중고차를 사기 전에 알아야 할 팁, 차 상태를 점검하는 체크리스트, 계약 시 유의사항 등 미리 찾아보면 충분히 배울 수 있는 내용이다. 아마 그런 내용을 올리는 그들도 나와 비슷한 경험을 했기에 다른 사람에 도움을 주고자 만들었을 것이다.

우리 각자의 인생에도 이 같은 예고편을 만들어 보면 어떨까? 우리는 저마다 살아오면서 자신만의 경험이 있다. 상황과 대상은 다르지만 대개 억울했던 일, 화가 났던 일, 수모를 겪은 일, 즐겁고 행복했던 순간, 슬프고 힘들었던 기억, 이별의 아픔 등 다양한 일을 겪고 성장해 왔다. 이런 경험들은 간격을 두고 반복된다. 내가 어느 위치에 있는지에 따라 상황을 받아들이는 이해의 크기도 달라진다. 직장을 예로 들면, 신입 때 일을 바라보는 시각과 중간 관리자가 되었을 때와 임원이 되었을 때 바라보는 관점은 각각 다르다. 경험이 부족한 신입과 30년 이상 같은 일을 해온 상사의 접근법은 다를 수밖에 없다. 경력과 경험이 많다는 건 같은 일을 오랜 시간 반복했다는 의미이다. 어떤 일이 일어났을 때의 과정과 결과를 어느 정도 예측할 수 있다. 예측이 가능하면 침착하게 상황에 대처할 수 있다. 업무 중 일이 생기면 상사의 머릿속에는 예고편처럼 비슷한 경험을 떠올리며 과정과 결과를 짐작하게 된다. 이런 식의 대체를 통해 실수를 바로잡게 된다. 이런 대처 능력이 반복되고 오랜 경험이 쌓여야 생기는 건 아니라고 생각한다. 자신이 겪었던 실수에서 잘하고 잘못했던 점을 되새겨보며 버릴 것과 챙겨야 할 것을 구분하게 된다. 이렇게 얻은 경험을 글이나 그림, 동영상을 통해 사람들에게 전하며 같은 실수를 하지 않도록 예고편을 만들어 준다. 또 어떤 일을 시작하기 전, 그 일에 대해 정보를 찾고 배우고 익히는 것만으로도 실수를 줄일 수 있다. 내가 중고차를 사기 전에 조금만 관심을 두고 여러 정보를 찾아봤다면 뒤통수 맞는 일을 피할 수도 있었던 것처럼 말이다.

우리 일상은 선택의 연속이다. 밥을 먹을 때, 옷을 살 때, 집을 구하고 자동차를 살 때, 여행을 준비하고 이직을 준비하는 모든 순간에 선택이 따른다. 먹어 본 음식이 많을수록 선택이 수월하다. 다양하게 입어보면 장단점을 알 수 있다. 이사를 자주 다녀보면 좋은 집을 고르는 안목이 생긴다. 내가 경험한 것들에 대해 구체적으로 이해하고 있다면 선택이 어렵지 않을 수 있다. 잘 만든 예고편이 선택을 수월하게 해주듯 말이다. 물론 경험이 많다고 올바른 선택을 하는 것도, 예고편을 잘 만들었다고 재미있는 영화라는 보장은 없다. 중요한 건 내가 경험했던 것들에서 무엇을 남겼는가 하는 것이다. 똑같은 실수를 반복하면 별다른 도움이 안되는 경험이고, 더 나은 선택을 했다면 의미 있는 경험일 것이다. 내가 어떤 경험을 하고 사는지 구체적으로 알 수 있다면 더 나은 선택을 이어갈 수 있을 거로 생각한다. 소설가 이문열은 50권을 출간한 뒤 비로소 베스트셀러를 쓸 수 있었다고 한다. 50번의 실패 경험이 더 좋은 소설을 쓸 수 있는 밑바탕이 되었던 것이다. 우리의 일상도 수많은 실패의 연속이다.

어떤 실패의 경험도 소중하지 않은 게 없다. 단, 그 경험을 내 것으로 만드는 구체적인 노력이 있을 때만 말이다.

우리는 한 번 겪은 경험을 똑같이 반복할 수는 없다. 대신 그때의 경험을 떠올리며 잘하고 잘못한 부분을 마음에 새길 수는 있다. 떠올리는 과정을 글로 적으며 구체화하고, 여기서 얻은 교훈을 통해 실패를 줄여갈 수 있다. 이렇게 글로 적는 과정이 살면서 올바른 선택을 할 수 있는 일종의 예고편이라 생각한다. 예고편을 잘 만들면 흥행에 성공하듯, 자신이 겪은 경험의 예고편이 쌓일수록 삶의 실수와 실패를 줄일 수 있지 않을까?

구체적으로 쓰기

어제가 오늘 같고 오늘이 내일로 이어지는 일상을 살았을 때다. 온종일 뭐 했느냐고 묻는 말에 당혹스러웠다. 그때는 하루가 뻔했다.

알람 소리에 눈을 뜬다. 씻고 옷을 챙겨 입은 다음 집을 나서기까지 30분. 자가용이나 버스를 타고 출근한다. 자가용을 타면 라디오, 버스를 타면 뉴스를 본다. 사무실에 도착하면 8시. 커피 한 잔을 앞에 두고 다시 본격적으로 뉴스 검색에 들어간다. 정치, 경제, 스포츠, 연예, 사회, 국제까지 거의 모든 카테고리를 뒤지고 본다. 9시가 넘어도 눈을 못 뗐다. 그때 걸려온 전화에 정신을 차려 업무를 시작한다. 업무 틈틈이 검색과 쇼핑이 이어진다. 점심을 먹고 나면 잠깐 낮잠을 자거나 다시 오전 동안 챙기지 못한 뉴스를 검색한다. 그리고 오후 업무로 이어진다. 약간 능률이 오른다 싶으면 찬물을 끼얹듯 동료와 수다를 떤다. 입이 아플 쯤 다시 업무를 시작한다. 이내 퇴근 시간이다. 술자리가 없으면 만들고, 만들어도 안 생기면 집으로 간다. 술자리는 12시가 넘어야 겨우 끝난다. 불타는 의지는 다음날 술자리를 위해 잠시 스위치를 꺼둔다. 술자리가 없으면 저녁밥을 먹기 위해 집으로 간다. 아내가 차려주는 밥상에 앉아 밥만 먹고 일어난다. 아이들이 뭐라 하든 말든 건성으로 들어 넘기고 TV 앞에 앉는다. 리모컨이 손에서 떨어지지 않는다. 12시가 넘어도 눈을 못 뗀다. 밤도 샐 기세지만 출근을 위해 억지로 잠자리에 든다. 이런 하루가 반복되는데, 뭐 했느냐고 물으면 대답할 게 없었다. 내가 한 거는 밥 먹고 TV 보거나, 술자리에서 술 마신 게 전부였다.

같은 질문을 요즘도 받는다. '오늘 하루 뭐 했어?' 하루 동안 무얼 했는지 질문을 받으면 할 말이 많다. 그것도 아주 구체적으로.

알람 소리에 눈을 뜨기도 하고 먼저 일어나 알람을 끄기도 한다. 간단하게 스트레칭을 하고 씻는다. 30분 정도 준비하고 집을 나선다. 세 가지 선택지가 있다. 자가용으로 출근하면 도착할 때까지 오디오 북을 듣는다. 지하철을 타면 종이책을 펼친다. 버스를 타면 오디오 북이나 팟캐스트를 듣는다. 정해진 출근 시간은 9시다. 자가용이면 6시 반 전에 도착, 버스와 지하철은 7시 반에 도착한다. 도착하면 글을 쓴다. 브런치, 블로그에 글을 쓰기도 하고, 원고를 쓰기도 한다. 8시 40분까지는 무조건 글 쓰는 시간이다. 9시부터 업무가 시작된다. 오전 업무를 마치면 점심을 먹으러 간다. 혼자 간다. 오가는 동안 다시 오디오 북이나 팟캐스트를 듣는다. 먹고 나면 남는 시간은 산책을 한다. 다시 오후 업무가 시작된다. 틈틈이 뉴스도 본다. 상사의 눈을 피해 쇼핑도 한다. 그래도 야근은 없다. 야근할 만큼 일을 남겨두지 않는다. 무슨 일이 있어도 업무시간 안에 마무리한다. 칼퇴근을 위해서. 6시에 퇴근한다. 다시 자가용, 버스, 지하철 중 하나를 이용한다. 퇴근길도 출근길과 똑같이 책을 듣거나 읽는다. 집에 들어가면 제일 먼저 저녁밥 준비를 돕는다. 밥을 먹는 동안이라도 대화를 한다. 다 먹고 나면 설거지를 한다. 그동안 아내는 청소를 한다. 청소와 설거지가 다 끝나면 9시다. 그때부터 못 읽은 책을 읽거나 분량이 남은 글을 마무리한다. 10시 반, 아이들이 잘 준비를 한다. 나도 노트북을 덮고 TV 앞에 앉는다.

그 시간에 하는 프로그램을 시청한다. 11시 반, 아이들이 잠들고 나면 나도 잘 준비를 한다. 아무리 늦어도 12시는 넘기지 않고 자려고 한다. 늘 같은 행동을 반복하는 일상이다. 예전처럼 뻔하지 않은 일상이다.

지금 일상이 뻔하지 않은 건 이 안에 다양한 이야기가 있기 때문이다. 매일 읽는 책 속에 예전에 몰랐던 이야기를 만난다. 그날 읽는 책마다 새로운 경험과 지식을 얻고 있다. 매일 쓰는 글에는 같지만 다른 일상을 보고 담으려고 한다. 어제의 실수를 반성하고, 오늘의 할 일에 의미를 부여하고, 내일의 계획을 새롭게 다진다. 그날 쓰는 글은 나의 기록이 된다. 뻔했던 일상이 뻔하지 않게 된 건 같은 시간을 다르게 사용하기 때문이다. TV 보고, 술 마시고 스마트폰 들여다보던 시간 대신, 몇 장이라도 책을 읽고 몇 자라도 글을 쓰기 위해 분 단위로 시간을 쪼개서 사용하게 되었다. 시간을 촘촘하게 사용하게 되면서 하루를 구체적으로 살게 되었다. 매 순간 내가 하는 행동에 의미를 부여했다. 글쓰기를 공부하면서 배운 게 있다. 글을 구체적으로 쓸수록 의미 전달이 잘된다. 말은 의미 전달을 위해 다양한 표현을 할 수 있다. 말과 몸짓, 표정을 더해 보다 자세하게 설명할 수 있다. 하지만 글은 고정된 글자로만 내 의사를 완벽하게 전달해야 한다. 어떤 표현을 쓰느냐에 따라 의미가 다르게 전달될 수도 있다. 그래서 내가 말하는 내용을 지나칠 정도로 자세하게 적어야 한다고 알려준다. 두루뭉술한 글을 쓰면 의미도 두루뭉술하게 전달된다.

시간을 쪼개서 사용하는 개념이 없었다. TV 보는데 몇 시간, 뉴스 검색하는 데 몇 시간, 낮잠 자는 데 몇 시간, 술자리 몇 시간. 몇 시간씩 무언가를 했지만 정작 나에게 의미를 남기지는 못했다. TV를 본다고 지식을 얻는 것도 아니었고, 뉴스를 본다고 삶의 이치를 깨닫는 것도 아니었고, 낮잠을 몇 시간 잔다고 건강해지는 것도 아니었고, 술자리를 가진다고 인간관계가 돈독해지는 것도 아니었다. 그렇게 두루뭉술한 시간보다 단 10분이라도 나에게 의미 있는 활동이 더 가치 있다는 걸 알았다. 10분 동안 몇 줄이라도 책을 읽는 게, 10분 동안 일기 몇 줄 쓰는 게, 10분 동안 멍하니 아무 생각 안 하는 게 오히려 가치 있는 시간이었다. 매일 그 10분이 쌓여 수백 권의 책을 읽게 되었고, 몇 권의 책을 쓰게 되었고, 이전보다 더 여유로운 일상을 살 수 있게 되었다. 시간을 촘촘하게 사용하게 되면서 사람들에게 말할 수 있는 내용도 구체적이 되었다. 일상이 촘촘해지면서 내가 쓰는 글도 구체적으로 쓸 수 있게 되었다. 일상을 구체적으로 쓰게 되면서 내가 하고 싶은 말도 자연히 많아졌다.

　지금 내 앞에 있는 커피 한 잔은, 정성을 다해 키우겠다는 마음가짐으로 기후조건이 맞는 지역에 씨앗을 심고, 기반 시설을 갖춰 제때에 물과 영양분을 공급해 주고, 충분히 자란 열매를 따서 말린 뒤, 말린 생두를 적당한 열과 시간 동안 로스팅하고, 풍미를 머금은 원두를 곱게 분쇄해 고압으로 추출한 원액을 물이나 우유에 넣어 가장 맛있을 때 내 앞에 놓이게 된 것이다. 우리 각자도 주어진 매 순간에 정성을 다하는 마음은 다르지 않다. 다만 그 순간을 얼마나 가치 있게 사용하느냐에 따라 삶도 달라질 수 있다. 단 1분도 허투루 사용하지 않는다면 매 순간이 의미 있을 테고, 몇 시간을 의미 없이 흘려보내면 후회만 남을 것이다. 구체적으로 쓴 글이 읽는 이에게 명쾌하게 전달되듯, 촘촘하게 보내는 하루가 삶을 더욱 충만하게 해 줄 거라 믿는다.

전하지 못한 말 편지쓰기

　보민이가 외출했다. 아내와 나, 막내가 바빠졌다. 나는 오전에 마트에서 새로 산 멜론색 니트를 입었다. 아내는 짙은 파란색 니트를, 채윤이는 귀여운 맨투맨을 입고 의자에 나란히 앉았다. 15초짜리 동영상을 찍어야 했다. 보민이 졸업식이 3주 남았다. 학교에서 각 가정에 숙제를 줬다. 가족의 축하 메시지를 담은 동영상을 보내달라고 했다. 스마트폰 카메라에 세 식구가 나란히 앉았지만 무슨 말을 해야 할지 떠오르지 않았다. 불과 15초인데 무슨 말을 해야 할지 막막했다. 아내와 고민해도 그럴듯한 멘트가 안 나왔다. '수고했어, 축하한다' 대충 이런 느낌으로 머리에 담아두고 촬영을 했다. 카메라가 돌아가니 표정이 딱딱해진다. 로봇이 말하는 것 같았다. 마음에 들지 않았지만, 두 번을 해도 잘할 것 같지 않아 한 번에 끝내버렸다. 아쉬움이 남았다.

〈보민이에게〉

중학교 이후 수학을 포기한 아빠에게 수학 문제를 물어 올 때면 난감했었다. 아빠 수준에 맞는 문제를 골랐는지, 풀이에 도움이 될 때면 속으로 환호성을 질렀다. 가뜩이나 부족한 실력이 드러날까 싶어 알아서 풀어보라는 말이 혓바닥까지 올라왔지만, 그러고 싶지 않더라. 문제의 답을 찾는 것도 필요하지만, 아빠와 보민이 사이의 유대관계에 도움이 될 것 같았어. 운 좋게 풀이와 답이 맞아서 네 얼굴에 미소가 번지는 걸 볼 때면 아빠 생각이지만 너와는 아직은 손이 닿는 거리 안에 있다고 여겼다. 아빠가 몸으로 체감할 만큼 도움을 못 주지만 그래도 포기하지 않고 꿋꿋하게 이어가는 네가 자랑스럽다. 잘하고 못 하고가 아닌, 포기하지 않아서 더 고맙다. 아빠가 이 말을 하면 싫어할 것 같은데, 그래도 딱 한마디만 할게. 믿기 어렵겠지만, 문제 푸는 데 도움을 줄 수 있었던 건, 책을 많이 읽은 덕분이라고 생각한다. 문제를 여러 번 읽고 출제 의도를 이해하게 되니 풀이 과정이 짐작되더구나. 떠오르는 대로 알려주었는데 그걸 네가 이해하고 나머지를 풀어냈던 거였어. 그래서 책을 읽으라고 말하고 싶지만 판단은 너에게 맡길게.

수학 숙제는 툴툴거려도 끝까지 하는 걸 보면 싫어하지 않는 걸 짐작할 수 있었다. 다른 과목도 드러내지 않았지만 호기심을 갖고 열심히 해줘서 고마워. 학교 공부 못지않게 엄마 아빠 말도 잘 들어줘서 더 고맙다. 가끔 엄마와 부딪히기는 하지만, 그때마다 엄마의 의견을 믿고 따라주는 것도 고맙다. 충분히 반항도 할 나이인데 엄마 아빠 배려해서 아직 큰 다툼 없이 지내줘서 더 고맙고. 무엇보다 가장 고마운 건 음식 투정을 하지 않는 거다. 가리는 음식이 몇 가지 생기긴 했지만, 여전히 맛있게 먹어줘서 너무 보기 좋다. 서툰 실력으로 대충 섞어서 만들어 내도 매번 엄지손가락을 세워 줄 때면 기분은 좋더라. 보민이 엄지손가락 보는 맛에 여전히 요리하는 재미를 이어가고 있다. 걱정되는 건 네가 커갈수록 가리는 음식도 많아지고 입맛도 달라지면서 아빠 요리에 더는 엄지가 안 올라가면 어쩌나 싶다. 그럴수록 아빠도 새로운 요리를 개발해야 할 의무감도 느낀다. 바람이 있다면 네가 커서도 나란히 서서 요리하는 모습이다. 아빠는 지금도 요리할 때 보민이가 옆에서 도와주는 것만으로도 든든했다.

기억해 보면 보민이 입학식에도 아빠는 못 갔던 것 같다. 그때 왜 못 갔는지 정확한 이유는 떠오르지 않는다. 아마 그때의 아빠는 지금과는 많이 달랐을 것 같다. 아빠는 너와 채윤이에게 앞으로도 마음의 짐을 갖고 살 것 같다. 보민이가 기억이 안 날 수도 있는데, 한동안 아빠는 너희에게 나쁜 말을 많이 했었다. 밥상에서, TV 앞에서, 욕실에서 수시로 아빠의 감정만 앞세워 모진 말을 했었다. 한 번은 끓어오르는 화를 풀어내고 있었고, 그때 잔뜩 겁먹은 네 얼굴을 보게 되었다. 그때 네 얼굴이 무얼 의미하는지 나중에야 깨달았다. 아빠라는 이유로, 힘을 이용해 그러면 안되는 거였는데, 배운 게 모자랐던 아빠는 그때 그걸 몰랐다. 지금도 네 마음 한 곳에 그때의 기억이 남아 있다면 사과의 말을 전하고 싶다. 기억나지 않아도 잘못을 빌고 싶구나. 시간이 흐르고 나서 너희에게 다정한 아빠는 아니었어도 상처를 준 아빠로 기억되고 싶지는 않다. 몇 마디 말이 상처를 치료할 수 없다는 거 잘 안다. 좋은 기억을 많이 갖게 되면 안 좋은 기억이 덧칠된다는 말이 있다. 좋은 기억이 무엇일까 고민해봤다. 멋진 곳으로 여행을 갈 수도 있고, 재미있는 공연을 관람할 수도 있고, 못 먹어 본 음식을 맛보는 것일 수도 있지. 아빠가 생각하는 좋은 기억은 평소 너와의 격의 없는 관계를 유지하는 게 아닐까 싶어. 네가 정말 필요한 순간 곁에 있어 줄 수 있는 아빠. 몸은 떨어져 있어도 마음으로 늘 의지되는 아빠. 친구와 나눌 고민도 있겠지만 아빠에게 먼저 고민을 터놓을 수 있는 사이. 너에게 그런 존재가 될 수 있다면 너의 일상도 좋은 기억으로 채워질 수 있을 거라 믿는다.

중학교 입학을 앞둔 요즘, 기대도 되고 걱정도 될 거다. 방학이 끝나는 게 아쉽다는 너를 보면 걱정이 더 크다고 생각된다. 새로운 시작에는 기대도 생기지만 불안이 더 클 수도 있어. 아빠의 경험이 도움이 될지 모르겠지만, 마흔셋부터 책을 읽기 시작한 그때도 기대보다 불안이 더 컸었다. 가족을 책임져야 하는 아빠가 책만 읽는다는 게 헛물을 켜는 게 아닐까 걱정이었다. 그때 만약 불안 때문에 읽기를 포기했다면 아마 그때나 지금이나 다르지 않았을 것 같다. 여전히 화가 많고, 술을 마시고, 너희와 겉도는 그런 아빠이지 싶다. 하지만 불안 대신 매 순간에 집중했다. 매일 꾸준히 읽고 쓰려고 노력한 덕분에 조금은 나아지고 있다고 생각해. 보민이도 불안 대신 지금 할 수 있는 걸 선택했으면 좋겠다. 너에게 주어진 매 순간에만 집중하는 것. 책상에 앉아 학습지를 풀 때, 식탁에 앉아 밥을 먹을 때, 스마트 폰으로 시간을 보낼 때, 친구와 수다 떨 때. 너에게 주어지는 매 순간에만 집중하면 불안이 자리할 틈이 없을 거라 믿는다.

학원에 데려다 주는 5분도 안되는 짧은 시간이지만, 아빠에게 말을 걸어주는 네가 고마웠다. 아직은 아빠를 부를 만큼 가까운 거리인 것 같아 다행이다. 앞으로 너에겐 더 힘든 시간이 기다릴 거야. 고민도 많아지고 방황도 하게 될 거야. 혼자라고 느끼고, 우리를 필요로 하지 않을지도 몰라. 그래도 아빠는 걱정하지 않는다. 그건 네가 건강하게 성장하고 있다는 의미이니까. 그렇게 너도 혼자 서는 때가 올 거다. 아빠는 그때까지만 네 곁을 지킬게. 지금처럼 늘 같은 모습으로.

　오츠 슈이치는 죽음을 앞둔 1천 명의 환자에게 살면서 가장 후회되는 것이 무엇인지 물었다. 그들이 대답한 스물다섯 가지 중 첫 번째로 '사랑하는 사람에게 고맙다는 말을 많이 했더라면'이라고 한다. 이 말은 지금껏 표현할 기회가 많았음에도 그러지 못했다고 이해할 수 있다. 바꿔 말하면 그만큼 표현해 인색하다는 의미이기도 하다. 부모가 자식에게, 자식이 부모에게 고맙다, 사랑한다, 미안하다는 표현은 나이 들수록 어색하고 횟수도 줄어든다. 한편으로 얼굴보고 살아온 세월이 얼마인데 그 정도는 말 안 해도 알겠지, 라며 지레 짐작한다. 말 그대로 말하지 않아도 모든 게 전해진다면 죽을 때 후회할 일이 생기지 않아야 맞다. 안타깝게도 그렇지 못한 게 현실이다. 표현하고 말하지 않으면 아무것도 전해지지 않는다. 말이 서툴면 표정으로, 대화가 어색하면 글로. 좋으면 좋다고, 미안하면 미안하다고, 고마우면 고맙다는 단어 하나, 미소 한 번이라도 보여주어야 상대방은 당신을 이해할 수 있다. 세상사에 과해서 좋을 게 없다지만, 내 감정을 표현하는 것만큼은 과할수록 후회도 안 남기고 관계도 돈독하게 해주는 꽤 괜찮은 방법이지 싶다.

쓰면 내가 보인다

내 안의 이야기를 끄집어내는 게 어려웠다. 내 이야기가 없는 글은 바닷가를 뒹구는 빈 조개껍데기처럼 가치가 없었다. 나만 좋아서 신이 나게 썼던 것 같다. 글쓰기 수업을 듣고 나서야 어떤 글을 써야 하는지 다시 생각하게 되었다. 배우기는 했지만, 막상 내 이야기를 쓴다는 게 쉽지 않았다. 망설여졌지만 한 번, 두 번 꺼내 놓기 시작했다. 잘 쓰든 못 쓰든 내가 쓴 글을 꺼내 놓으면서 사람들의 시선에 익숙해졌다. 다만 얼마나 진정성 있는 글을 쓸 수 있을지 의심이 들었다. 정직의 탈을 쓴 소설을 쓰지 않을까 싶었다. 내 이야기와 소설은 한 끗 차이일 수 있다.

그 차이는 쓰는 사람만이 안다. 소설을 쓰고 내 이야기라고 우기면 그만이다. 다행인 건 지금까지 쓴 글에 소설은 없었다. 덜 끄집어낸 글은 있어도 사실을 각색해 쓴 건 없었다. 지금 생각해 보면 천만다행이다. 소설을 썼다면 나 자신이 부끄러웠을 것 같다.

내 이야기를 쓰기 시작하면서 구체적으로 쓰려고 노력했다. '좋았다', '슬펐다', '괴로웠다', '힘들었다' 같은 표현은 온전한 '나'가 아니었다. 좋고, 슬프고, 괴롭고, 힘든 건 누구나 똑같이 표현할 수 있다. 편의점에서 파는 김밥 한 줄이 모두 똑같은 맛을 내는 것처럼. 똑같다는 의미 안에는 내가 없다. 슬픔이라는 감정도 내가 처한 상황에 따라 느끼는 깊이와 의미가 다를 수밖에 없다. 그 다름을 표현하려면 나를 있는 그대로 적어야 했다. 나를 있는 그대로 표현할 수 있을 때 내 감정도 내 것처럼 드러낼 수 있다는 걸 알아갔다. 그런 글을 쓰려고 흉내를 내면서 눈물도 많아졌다. 나는 눈물에 인색했었다. 눈물 한 방울 빼내려면 이중 삼중의 보안장치를 뚫어야 하는 것처럼 견고했다. 그랬던 나도 큰형의 죽음을 마주한 뒤 달라졌다. 죽음에 대해 생각하면서 나를 감추기 위해 겹겹이 쌓았던 감정에 균열이 생겼고, 그 틈으로 눈물이 새어 나왔다. 그동안 내 감정에 솔직하지 않았다. 슬픔을 숨겨야 강한 사람이고, 아파도 참는 게 남자이고, 힘들어도 안 힘든 척하는 게 가장의 역할이라 여겼다. 이제는 말할 수 있다. 감추고, 숨기고, 아닌 척하는 건 쓸데없는 짓이라는 걸. 슬프면 울고, 아프면 아프다고 하고, 힘들면 기대는 게 사람이다. 사람답게 사는 게 별것 아닌 거였다. 자신의 감정에 솔직해지는 것. 솔직해지고 있는 그대로 바라보고 인정하는 것. 숨길 필요도, 과장할 이유도, 잘 보이기 위해 치장할 필요도 없다는 걸.

내 감정에 솔직해지면서 나를 더 아끼게 되었다. 나의 취약한 부분을 이해하면서 나를 더 끌어안았다. 나는 원래 부족한 존재고, 살면서 부족함을 채워가는 거라고 이해시켰다. 타인과 비교할 필요도 없고, 타인의 삶을 부러워할 필요도 없다고 말해 줬다. 사람은 저마다의 속도와 방향을 갖고 산다고 설명했다. 나 자신에게 내가 느낀 것들을 있는 그대로 쓰게 되면서, 하나씩 다시 새겨가고 있다. 이런 모습은 나의 밖에서 찾을 수 없다. 인정하고 싶지 않았던 나를 똑바로 보게 되면서 보이기 시작했다. 그런 나를 글을 도구로 해서 다시 한 번 불빛 밑으로 데리고 나왔다. 밝은 곳에서 내 모습을 보니 어두운 곳에서 보이지 않았던 내가 보였다. 하고 싶은 말을 제대로 못했던 나, 해야 할 말도 숨기고 살았던 나, 나태하고 게을렀던 나, 불평불만으로 가득 찼던 나. 좋은 책을 읽고 다른 생각을 하게 되면서 내 안의 안 좋았던 모습을 더 잘 볼 수 있었다. 마음에 들지 않은 모습도 결국 '나'였다. 부정한다고 과거의 모습이 변하는 게 아니었다. 변하지 않을 거라면 있는 그대로 놔두면 된다. 단점이 있다면 장점도 있다. 순간적인 감정에 회사를 박차고 나온 적은 있었지만, 직장 안에 있는 동안 누구보다 성실하게 일했다. 완벽하진 않았지만 남을 배려하려고 노력했다. 상대방에게 미움받을 만큼 염치없는 행동은 하지 않았다. 업무 능력은 인정받지 못해도 사람 좋다는 인정은 잃지 않았다. 서로 다른 두 모습 중 당연히 장점에 집중했다. 이해가 안되는 문제를 만나면 과감히 포기해야 적어도 다음 문제를 풀 수 있는 시간이 생긴다. 단점에 신경 쓰는 건 풀리지 않는 문제를 붙잡고 있는 것과 같았다. 식물을 키울 때 긍정적인 말, 클래식 같은 잔잔한 음악을 들려주면 더 잘 자란다고 한다. 마음에 안 드는 모습보다 긍정적인 면에 에너지를 보내면 식물이 자라듯 나의 장점도 더 키울 수 있다고 생각했다.

사람들에게 인정받기 위해 산 건 아니었지만, 그렇다고 제대로 인정받은 적도 없었다. 내가 나를 인정해주지 않으면서 타인의 인정을 바라던 것은 순서가 틀렸다. 내가 나를 인정하려면 지금 그대로를 받아들여야 했다. 내가 마음에 안 든다고 나를 버릴 수도 없다. 마음에 드는 모습과 그렇지 않은 모습의 중간점을 찾는 게 인정이라고 생각한다. 인정의 사전적 의미는 '확실히 그렇다고 여김'이다. 나의 단점도 내 모습이라고 확실하게 인정하고, 나의 장점도 나만이 보여줄 수 있는 모습이라고 인정하는 것이다. 장단점을 찾는 도구로써 글쓰기만 한 게 없다고 생각한다. 나는 옷 한 벌을 살 때도 매장을 몇 바퀴 돌고 나서 선택한다. 처음 들어간 매장에서 눈에 띄는 게 있으면 일단 눈에 담아둔다. 그리고 다시 다른 매장을 돌면서 찾는 것과 비슷한 스타일의 옷을 탐색한다. 여러 번 볼수록 낯선 옷도 보이고, 봤던 옷도 다르게 보인다. 다 봤다고 생각되면 처음 매장으로 돌아가 선택했던 옷을 다시 본다. 그때도 마음에 들면 그제야 옷을 산다. 본 걸 다시 보고, 다시 보면서 더 자세히 보고, 못 본 건 없는지 또 둘러보고, 그렇게 여러 번 볼수록 안 보이던 게 보이기 마련이다. 멋진 풍경은 자동차를 타고 가면서 보는 것과 걸으면서 느껴지는 건 분명한 차이가 있다. 옷 한 벌을 사기 위해 몇 군데의 매장을 돌며 비교하는 것, 천천히 걸으면서 주변 풍경을 감상하는 건 자세히 들여다보기 위한 과정이다. 글을 쓰는 것도 이와 마찬가지다. 글을 쓸 때는 생각을 제외한 나머지를 멈춰야 한다. 그래서 글을 쓰면서 나에 대해 더 많이 생각할 기회가 생긴다. 멈춘다는 의미의 행동도 있지만, 생각의 잔가지를 잘라내는 것도 있다. 바꿔 말하면 행동도 멈추고, 생각의 잔가지도 잘라냈을 때 자신에게 집중할 수 있게 된다. 그때 비로소 한 글자씩 종이에 옮겨 적으며 있는 그대로의 나와 마주하게 된다. 입버릇처럼 바쁘다는 말을 달고 사는 사람이 많다. 잘 살려면 바쁘게 살 수밖에 없는 게 요즘이다. 그래도 하루 5분, 10분이라도 멈추는 시간을 가졌으면 좋겠다. 그 5분이 쌓이면서 자신도 몰랐던 저 깊은 곳의 자기와 마주하게 될 기회도 생기지 않을까 기대해 본다.

쳴리스트 장한나는 6살에 첼로를 시작해 12살 때, 국제 콩쿠르에서 최우수상을 받으며 세계에 이름을 알렸다. 소설가 김훈은 26살에 기자로 시작해 47살에 등단했다. 메이 머스크는 50대 후반부터 이름을 알려 73세인 지금까지 왕성하게 모델 활동을 이어오고 있다. 이른 나이에 좋아하는 일을 찾아 시작하는 이가 있는 반면, 그 나이에 가능할까 싶은 때 과감히 도전하는 이들도 있다. 나이의 많고 적음을 떠나 이들의 공통점은 자기 자신에 대해 깊이 이해하고 있다는 점이다. 자신을 아는 건 자신에 대한 확신이 있다는 의미이기도 하다. 확신을 가지면 조건을 따지지 않고 자신이 하고 싶은 일에 도전할 용기를 갖게 될 것이다. 지금 이 글을 읽는 당신도 무엇을 좋아하는지 잘 모른다면, 우선 자신에 대해 구체적으로 적어 보길 권하고 싶다. 하나씩 적다 보면 그동안 잊고 있었던 자신에 대해 조금씩 알게 되고, 그걸 시작으로 좋아하는 그 무엇도 찾을 수 있을 거라 믿는다.

5

쓰면서 시작된 또 다른 삶

　나는 할 줄 아는 게 없는 사람이었다. 책에서는 하고 싶은 걸 찾으라고 했지만 보이지 않았다. 보이지 않은 걸 글로 쓰기 시작했다. 왜 안 보이는지, 무엇을 좋아했는지, 좋았던 때 어떤 느낌이었는지 등을 하나씩 쓰기 시작했다. 쓰다 보니 재미가 있었다. 머릿속의 생각을 글자로 바꿔 하나씩 종이에 새겼다. 새기는 과정에서 울기도, 웃기도 했다. 어느 날 새벽에는 지나온 시간 동안 자신을 가두었던 나 자신이 불쌍해 한참을 울었다. 울고 나니 선명해지는 게 하나 있었다. 다시는 그렇게 살지 말자. 어떻게 사는 게 잘 사는 건지 아직 모르지만, 적어도 지난날의 나처럼 살지 않으면 후회는 없을 것 같았다. 지금의 눈물을 잊지 않기 위해 글로 남겼다. 글로 남은 그날의 기억을 힘들 때면 떠올려 본다. 그날의 눈물을 흘리기까지 어떤 삶을 살았는지 다시 떠올리며 힘든 시기를 이겨내고 있다. 그때의 내가 불쌍했다면 다른 날의 나는 즐거웠던 때도 있었다. 가고 싶었던 대학에 합격했고, 무사히 군 생활을 마쳤고, 사랑하는 사람을 만나 가정을 꾸렸고, 건강하게 자라는 두 딸이 있고, 책을 읽게 되었고, 지금 이렇게 글도 쓸 수 있게 되었다. 불행했던 나, 행복했던 나를 글로 적어 보면서 더 선명하게 기억하게 되었다. 지금까지 살아온 내 모습을 있는 그대로 글로 적었고, 그 글들이 모여 한 권의 책이 되었고, 그렇게 작가라는 직업을 갖게 되었다.

책에서 나보다 더 최악의 상황을 겪은 이들을 만났다. 안정된 직장을 다니다 어느 순간 노숙자가 되고, 부모의 빚을 떠안으며 신용 불량자가 되고, 사업이 실패해 교도소를 갔다 온 이도 있었다. 인생의 가장 밑바닥을 경험했다는 그들에겐 두 가지 공통점이 있었다. 책을 읽고 글을 썼다는 것이다. 가장 최악이었던 상황에 그들의 손엔 책이 들려 있었고, 남은 손으로는 글을 썼다. 책을 읽고 글만 쓴다고 해서 당장 현실이 나아지진 않는다. 그들에겐 믿음 같은 게 있었다. 지금보다 내일을 잘 살기 위해 책을 읽고 글을 썼던 것이다. 나 자신을 돌아봤다. 9번의 이직, 개인 회생, 아이에게 화만 내는 아빠, 아내에겐 침묵하는 남편, 남보다 내가 먼저인 관계. 아무리 그래도 그들보단 최악은 아닌 것 같았다. 다행인 건 그때 이미 내 손에도 책과 글이 들려있었다.

손에 잡히는 대로 읽고 틈나는 대로 쓰기 시작했다. 떠오르는 감정, 생각, 책을 읽고 느낀 것을 하나씩 적었다. 그렇게 나를 위해 쓴 글이 남들에게도 읽히는 건 새로운 경험이었다. 보잘것없었던 내 인생도 누군가에겐 의미가 있었다. 불쌍했던 내 모습을 읽고 위로를 전하는 사람, 행복했던 나를 읽고 기쁨을 표현하는 사람, 힘들고 어려운 시기를 보내고 있다는 글을 읽고 손을 잡아주는 사람. 나에게 다양한 모습이 있었듯 다양한 사람들이 나의 이야기에 공감을 표현했다. 글로 끄집어내는 과정은 고통스러웠다. 고통을 지나 세상에 나온 글은 그 어떤 것들보다 가치와 의미가 생기기 시작했다. 나라는 사람이 무언가를 할 수 있을 것 같았다. 할 줄 아는 게 없다고, 잘하는 게 없다고, 좋아하는 것도 없다고 믿었던 나에게서 분명 무언가 잘하고, 해줄 수 있고, 좋아하게 되는 게 생길 것 같았다. 그래서 더 글을 쓰게 된 것 같다. 글을 쓰기 위해 멈췄고, 더 자세히 들여다봤고, 더 아끼게 되었다. 멈추고, 들여다보고, 아낀다고 글을 잘 쓰게 되는 건 아니었다. 써놓은 글이 많다고 작가가 되는 것도 아니었다. 처음에는 매일 쓰고 많이 쓰는 게 좋은 줄 알았다. 양이 쌓이면 어딘가 쓸모 있게 될 거라는 막연한 믿음 같은 게 있었다. 실패의 바닥에서 올라온 그들에게는 또 한 가지 공통점이 있었다. 시작은 있지만 끝이 정해지지 않은 노력의 시간이었다. 그 시간 동안 무엇을 하며 어떻게 버텨낼지는 그들의 선택에서 비롯되었다. 삶을 바꾸고 싶다면 사는 방식을 바꿔야 했다. 사는 방식을 바꾸는 데 단연 책과 글이었다고 입을 모았다. 책을 읽기 위해 시간을 쪼개고, 글을 쓰기 위해 생활방식을 바꿨다. 당연히 시간의 가치를 깨닫고 습관의 중요성을 알아갔다. 나도 그렇게 따라갔다. 매일 책을 읽기 위해 잠을 줄였고, 매일 글을 쓰기 위해 시간을 허투루 쓸 수 없었다. 자연히 생활 습관이 달라질 수밖에 없었다. 글을 많이 써서, 책을 내서 삶이 달라지는 게 아니었다. 글을 많이 쓰기 위해, 책을 매일 읽기 위해 삶을 변화시켜야 했고, 그런 변화가 곧 또 다른 삶을 살게 해준 시작이었다.

성공의 기준은 사람마다 다르다. 최악이라고 생각했던 순간에서 두 발을 딛고 선 이들에겐 하루 세 끼를 마음 놓고 먹을 수 있는 걸 성공이라고 한다. 당연히 이전과는 비교도 안될 만큼 부를 쌓기도 했다. 다른 성공은 노력보다 운이 따라 감당할 수 없을 만큼 부를 얻은 이들도 성공이라 한다. 둘 중 진정한 성공을 구분 지을 수 있는 한 가지 방법이 있다. 똑같은 시련을 겪게 하는 것이다. 스스로 딛고 선 이들은 똑같은 실패를 반복하지 않기 위해 모든 걸 뜯어고친 후 그 자리에 올랐다. 모든 걸 뜯어고친 이들은 밑동이 굵은 나무와 같다. 밑동이 굵은 나무는 강한 바람에 흔들리기는 해도 부러지지는 않는다. 회복이 빠르고 중심을 잃지 않는다. 그렇지 않은 이들은 삶을 뜯어고칠 이유가 없다. 지금의 삶이 최선이자 최고라 믿는다. 이들은 변화를 받아들이지 않는다. 그들에게 변화는 더 안락하고, 더 비싸고 ,더 즐기는 것만 좇는 것이다. 밑동이 부실한 나무와 같다. 밑동이 가는 나무는 잔바람에도 쉽게 흔들려 부러지고 만다. 이 둘을 비교해 보면서 나도 선택을 했다. 돈만 좇는 성공이 아닌, 삶의 태도를 바꿈으로써 단단한 밑동을 가진 나무 같은 사람이 되기로 했다. 그래서 글만 쓰는 작가가 아닌, 글을 쓰기 위해 사는 작가가 되기로 했다. 둘은 엄연히 달랐다. 글만 쓰는 작가는 글 쓰는 게 일이다. 월급쟁이와 다르지 않았다. 글을 쓰기 위해 사는 작가는 삶이 곧 글이 되는 것이었다. 남들에게 공감 받는 글을 쓰기 위해 남들이 공감할 수 있는 삶을 살아야 하고, 남들에게 희망을 주는 글을 쓰기 위해 스스로 희망을 품고 살아야 하고, 남들에게 배움을 전하는 글을 쓰려면 스스로 배움을 이어가는 삶을 살아야 한다. 내가 사는 삶이 글이 되고, 내가 쓰는 글이 그들에게 또 다른 삶의 이정표가 되어 주는 삶. 잘하고 좋아하는 게 없었던 내가 글을 쓰게 되면서 잘 사는 법을 배우고, 좋아하는 걸 찾게 되었다. 그렇게 배우고 얻은 걸 조건 없이 나누려는 삶을 선택했다. 단지 글을 쓰기 시작하면서 말이다.

돈을 많이 벌고 싶다거나, 유명해지고 싶다거나, 남들의 존경을 받고 싶다면 어떤 형태로든 시작이 있어야 한다. 이전까지 살아온 모습보다 앞으로 어떤 모습으로 살지가 더 중요하다. 그러기 위해 용기와 각오, 꾸준함이 필요하다. 내가 글을 쓰기 위해 용기를 냈고, 쓰면서 다른 삶을 살겠다는 각오를 다졌고, 꾸준히 쓰면서 바라는 삶의 모습을 새롭게 써내려가듯, 여러분도 바라는 게 있다면 일단 시작했으면 좋겠다. 일단 시작하면 용기도 생기도, 각오도 다지게 되고, 꾸준히 할 수 있는 힘도 갖게 될 테니 말이다.

6

매일 쓰는 꾸준함이 나를 세우다

　내가 생각하기에 세상에는 두 부류의 사람이 있는 것 같다. 하나는 나보다 뛰어난 사람, 다른 하나는 나와 비슷한 사람. 나와 비슷한 부류에 대한 명확한 기준이 있는 건 아니다. 대신 나보다 뛰어난 사람에 대한 기준은 명확하다. 내가 못하는 걸 해내는 사람이다. 육아를 전담하는 엄마나 아빠, 하루도 빠지지 않고 출근하는 직장인, 대를 이어 식당을 운영하는 사장님, 넉넉하지 않아도 기부를 멈추지 않는 이웃, 그리고 매일 우리 삼형제의 도시락을 쌌던 나의 어머니까지. 이렇게 보면 나와 비슷한 사람보다 더 뛰어나고 대단한 사람이 많은 것 같다. 어떻게 그렇게까지 할 수 있느냐고 물으면 그들은 한결같이 말한다. "그렇게 하는 게 당연하니까요." 어쩌면 당연한 걸 아무렇지 않게 해내는 사람이 뛰어난 사람이 되는 건 아닐까?

　사람들은 비법을 좋아하는 것 같다. '주식으로 10억 벌기', '이것만 따라 하면 나도 건물주', '돈이 들어오는 책 쓰기'. 바라는 성과를 짧은 시간 얻고 싶은 욕심에 이런 글귀에 혹하게 되는 것 같다. 나도 아니라고 부정하지 않는다. 분명 세상일에 지름길은 없다는 명제는 알고 있지만, 사람인지라 손이 가는 건 어쩔 수 없다. 제목에 끌려 펼치기는 하지만, 그 안을 들여다보면 뒤통수 맞기 일쑤다. 어쩌면 그들이 말하는 비법은 없다. 분명한 건 그런 글을 쓴 이들 백이면 백 모두 인고의 시간과 처절한 노력이 뒤따랐다는 것이다. 그런 시간이 있었기에 비법이라고 할 방법을 당당하게 말 할 수 있게 된다. 시간과 노력 없이 얻어지는 성과는 젓가락 위에 공을 올려놓는 것처럼 언제 떨어져도 당연하다. 그들의 비법에서 우리가 배워야 할 건 방법이 아닌 꾸준함이라고 생각한다. 매일 똑같은 노력을 될 때까지 했기에 얻어진 성과. 그들이 해낸 방법을 배워 꾸준히 따라 하다 보면 같은 결과를 갖게 된다는 단순한 원칙이다.

5년 째 매일 책을 읽는다. 이런 나를 보고 남들은 대단하다고 추켜세운다. 어떻게 매일 읽을 수 있느냐고 묻고, 직장을 다니면서 책 읽을 시간이 있느냐고 묻고, 습관을 어떻게 만들 수 있느냐고 묻기도 한다. 책을 매일 읽을 수 있는 비법 같은 것을 기대하고 묻는 것 같았다. 질문을 받고 곰곰이 생각해 보면 비법 같은 건 없었던 것 같다. 내가 책을 읽기 시작한 것도 비법을 배워서 시작한 게 아니었기 때문이다. 기대한 답이 아니라는 걸 알면서 내가 할 수 있는 최고의 대답은 '그냥 읽었다'였다. 정말이다. 매일 시간이 날 때마다 손에는 책이 들려있었다. 그럴 수 있었던 건 읽어야 할 이유가 있어서였다. 내 나름의 이유를 찾고 보니, 책은 특별한 순간에 읽는 게 아니라 틈틈이 읽어야 한다고 인식하게 되었다. 그렇게 되면 자연히 습관으로 이어질 수밖에 없다. 사람마다 무언가 시도를 할 때 이유는 있다. 다만 이유에 대해 얼마나 깊이 있게 인식을 하느냐의 차이인 것 같다. 바꿔 말하면 절실함의 차이인 것 같다. 주식의 고수, 음식의 달인, 투자의 귀재, 이들 모두 자신만의 절실함이 있었다고 말한다. 절실함의 크기에 따라 행동은 당연히 따라올 수밖에 없다. 안 하는 이유를 찾기보다 해야 할 이유를 찾는 게 행동하게 되는 제1원칙이었다.

나의 어머니는 세 아들이 고등학교를 졸업할 때까지 도시락을 싸 보냈다. 매일 새벽 도시락과 아침밥을 위해 새 밥을 짓고 반찬을 만들었다. 전업주부도 아니었다. 아버지의 수입만으로 다섯 식구를 감당할 수 없었다. 남의 집 가사도우미도 했고, 동네에서 식당을 운영하기도 했고, 김밥을 말아 납품하기도 했다. 장장 16년을 하루 같이 해내셨다. 내 새끼만큼은 건강하게 키우겠다는 사명감으로 매일 새벽 눈을 떴다. 내 새끼에게 좋은 것만 주고 싶다는 절실함에 남의 집 일도, 장사도 마다치 않았을 테다. 사명감, 절실함, 거기에 꾸준함은 당연히 따라온다. 사명감과 절실함은 행동하게 되는 동기라면, 꾸준함은 레고 블록을 쌓는 행동이라 생각한다. 셋을 따로 떼어놓을 수 없다. 어머니가 자식을 위해 매일 반복했던 행동은 결국 이 세 가지를 가졌기에 가능했으리라. 글쓰기를 시작하고 지금까지 계속 쓸 수 있었던 것도 어머니의 세 가지를 따라 가졌기 때문이다. 나에게도 한 사람이라도 더 내 글을 읽고 0.1도만큼 삶의 방향을 틀 수 있길 바라는 사명감이 있다. 또 지금까지와 다른 앞으로의 삶을 살고 싶은 절실함도 있다. 당연히 사람들에게 영향을 주고 내 삶을 바꾸는 건 하루아침에 되지 않는다. 나 스스로 매일 더 나은 삶을 살기 위해 노력하는 꾸준함이 뒤따라야 했다. 내가 수백 권의 자기계발서를 읽고 깨달은 한 가지가 있다. 성공한 이들에겐 절실함, 사명감, 꾸준함이 몸속 세포처럼 당연한 거라 여겼고, 그중 꾸준함을 제일 중요한 가치로 여긴다는 것이다. 절실함은 행동하게 하는 방아쇠 역할을 하고, 사명감은 행동에 이유를 만들어 준다. 이유가 명확하고 트리거가 있다고 해도 꾸준함이 부족하면 짓다만 집처럼 흉물이 되고 만다. 반대로 무언가 꾸준히 해내기 시작하면 절실함과 사명감도 자연히 배가될 수밖에 없다. 나는 후자였다. 매일 글을 쓰면서 나를 바꾸겠다는 절실함과 타인을 돕겠다는 사명감을 키워올 수 있었다.

세상에는 나보다 뛰어난 사람이 넘쳐난다. 뛰어난 사람에게서 배울 수 있는 부분은 분명 있다. 그들이 말하는 비법을 배움으로써 삶은 더 나아질 수 있다. 하지만 어떤 걸 배울지는 선택의 몫이다. 단순히 성과에 집착한 배움과 과정까지 받아들이는 배움의 결과는 다를 수밖에 없다. 둘 중 어떤 배움이 삶을 변화시킬 답인지 우리는 이미 알고 있지 않을까?

메타인지? 그딴 건 모르겠고 그냥 쓴다

중학교 3학년 때 중간고사 시험지 절도 사건에 연루될 뻔했다. 사건의 경위는 이랬다. 나는 다른 친구들보다 일찍 등교하는 편이다. 그날도 내 자리에 앉아 하릴없이 빈둥대고 있었다. 잠시 뒤 한 친구가 교실로 들어왔다. 1학년 때부터 같은 반이었던 J였다. 등교할 시간이 아닌데 일찍 온 게 의아했다. 다짜고짜 나를 붙잡고 교실 밖 외진 곳으로 데려갔다. 한 손에는 가방이 들려 있었다. 남은 손으로 가방을 가리키며 이 안에 중간고사 시험지가 있다고 했다. 거짓말인 줄 알았다. 다시 물어도 대답은 같았다. 어떻게 구했는지 물었다. 몰라도 된다고 했다. 출처를 알 수 없는 시험지에 겁부터 났다. 나만 좋다면 가방을 열어 시험지를 보여주겠다고 다시 물었다. 순간 갈등했다. 확신이 없었다. 뜬금없는 말이 찜찜했다. 결국 보지 않겠다 말하고 교실로 돌아왔다. J가 했던 말이 계속 신경 쓰였다. '저놈은 무슨 근거로 그런 말을 했을까?' 이유를 아는 데 오래 걸리지 않았다. 3교시쯤으로 기억한다. 수업 중 교실 앞문이 열리더니 교감 선생님이 들어왔고 J를 호명했다. 수업 중인 선생님은 물론 친구들도 어리둥절했다. J는 아무 말 안 하고 따라갔다. 한 시간 뒤 나도 불려 갔다. 공범으로 의심받아 조사받았다. 다행히 J혼자 한 걸로 인정되었다. J는 성적이 좋지 않았다. 한 반 50명 중 늘 끝에 머물렀다. 고등학교 진학을 앞두고 내신을 끌어올리고 싶은 욕심에 이른 새벽 교무실 문을 열었다. 심성이 착한 친구였다. 싫은 소리도 못했고, 궂은일도 마다하지 않았다. 내게 시험지를 보여주려고 했던 건 나를 그일에 끌어들이려고 했다기보다는 순수한 마음이었다고 믿었다. J는 정학처분을 받았지만, 고등학교 진학은 무사히 할 수 있었다.

J는 고등학교 진학을 앞두고 불안한 마음에 해서는 안 될 행동을 했다. 학교 성적도 좋지 않아 더 불안했을 거다. 생각해 보면 그런 불안은 같은 또래에게는 당연했다. 고입, 대입 시험은 단 한 번 성적으로 삶이 흔들릴 만큼 중요하다. 시험 보기 전까

지 멘탈을 붙잡고 아무리 노력해도 불안하기는 누구나 마찬가지다. 그래도 그중에는 자기관리를 통해 남들보다 덜 불안을 느끼는 이들도 있다. 불안을 느끼는 이들과 그렇지 않은 이들의 차이는 어디서 오는 걸까? 그 차이는 자기 객관화에 있다. 자신이 무엇을 알고 무엇을 모르는지 명확하게 인지하고 있는 차이다. 이를 심리학 용어로 '메타인지'라고 한다. 자신이 아는 것과 모르는 것을 명확하게 알고 있는 상태를 의미한다. 즉, 시험을 준비하면서 아는 내용과 모르는 내용을 정확하게 인식하고 있으면 부족한 부분을 보충하면서 아는 걸 늘려가는 것이다. 시험의 불안은 대개 어떤 문제가 나올지 모르는 데서 기인한다. 시험공부는 나올 문제를 예측하는 게 아니라 어떤 문제가 나오더라도 풀 수 있는 능력을 키우는 데 있다. 그래서 모르는 게 무엇인지 스스로 알고 있어야 부족한 부분을 보완해 갈 수 있다. 반대로 아는 것과 모르는 것을 구분하지 못하면 어떤 공부를 얼마나 해야 할지 감을 잡을 수 없다. 그런 상태에서 하는 공부는 불안만 더하게 된다. J의 불안도 이와 같았을 거라 짐작한다.

마흔이 넘도록 내가 좋아하는 게 무엇인지도 모르고 살았다. 직장은 다니고 있으니 밥벌이는 해결했지만, 정작 하고 싶은 게 무엇인지는 몰랐다. 잘하는 게 무엇이고, 어떤 일을 할 때 설렛는지조차 몰랐다. 직장을 다니는 게 직업을 갖는 것과 같은 의미인 줄 알았다. 직장과 직업은 엄연히 달랐다. 책을 읽고부터 이런 생각에 이르게 되었다. 직장은 언젠가는 그만두게 되어 있다. 나이 들수록 더 나은 조건의 직장을 가질 기회가 적어진다. 빠르면 50대에도 은퇴가 당연시되는 게 요즘이다. 직업을 가지면 직장에 구속을 덜 받는다. 물론 어떤 직업을 갖느냐에 따라 달라지겠지만, 본인이 잘하고 좋아하는 일을 한다면 나이에 상관없는 직업을 가질 수 있다고 한다. 마흔셋이 넘어서 이런 개념을 이해하게 되었다. 직업과 직장의 개념을 이해하고부터 현실이 더 불안해졌다. 지금 직장을 다니고 있지만 언제 잘릴지 모를 일이었다. 직업에 대한 고민이 필요했다. 책 속에는 남의 이야기가 담겨 있다. 그런 책을 읽기만 한다고 내 문제가 해결되는 건 아니다. 내 문제는 내가 직접 들여다보고 해결책을 찾아야 한다. 그렇다고 끌리는 직업을 일일이 경험해 볼 수도 없다. 내가 어떤 사람인지부터 하나씩 되짚어 봤다. 글로 쓰면서 하나씩 찾아갔다. 단순히 해보고 싶은 일인지, 하면 잘할 수 있는 일인지, 하다 보면 잘하게 되는 일인지 구분할 필요가 있었다. 어릴 때 꿈꿨던 직업은 '해보고 싶은 일'이다. 그때는 사회에 발을 들이기 전이라 막연한 기대로 선택한다. 그때의 꿈은 미용사, 형사, 건축가 정도였다. 셋 중 건축가가 되기 위해 고등학교, 대학을 다녔지만 결국 꿈은 이루지 못했다. 그때의 꿈은 꿈으로 남겨 두기로 했다. 다음으로 잘할 수 있는 일을 적어 봤다. 20년을 해 온 일이라면 잘할 수 있지 않을까 생각해 봤다. 20년 경험이 그 냥 생긴 건 아니기 때문이다. 하지만 그동안의 나를 돌아봤을 때 나는 겉돌고 있었다. 늘 일에서 보람을 찾기보다 도망만 다녔 다. 나와는 안 맞는 일을 돈벌이를 위해 억지로 했다. 남은 시간 도 그렇게 살고 싶진 않았다. 지금 하는 일에서 벗어나기 위해 수많은 책을 읽었는데, 이 일을 다시 선택한다는 건 출발선으로 돌아가는 것밖에 안되었다. 마지막으로 하다 보면 잘할 수 있는 일을 고민해 봤다. 더 냉정하게 지금의 나를 들여다봤다. 이제 부터 시작해도 늦지 않은 일, 앞으로도 계속 이어갈 수 있는 일, 직장의 굴레가 없는 일, 나이 들수록 일의 가치와 금전적 보상 이 명확한 직업. 이런 질문들에 대한 답을 매일 썼다.

하고 싶은 일을 찾기 위해 매일 쓰면서 나에 대해 하나씩 알 아갔다. 쓰면서 알게 된 건 과거의 나는 불만이 많았고, 이를 해 결할 의지가 없었고, 남보다 나만 생각했고, 하고 싶은 걸 찾지 못했던 내가 보였다. 또 쓰면서 알게 된 현재의 나는 새로운 직 업이 필요했고, 불만을 다스리는 마음가짐과 나보다 남을 위하 는 자세를 배우는 게 필요했다. 그렇게 과거와 현재의 나에 대해 쓰면서 앞으로는 어떻게 살아야 하는지 보였다. 지금 이 책을 쓰는 목적도 나처럼 자신을 잘 몰랐던 이들에게 도움을 주고 싶어서다. 대화에 서툰 나를 변화시킨 게 읽고 쓰기였고, 내가 달라진 삶을 살고 있듯, 이 책을 읽는 독자도 얼마든 할 수 있다는 걸 말해 주고 싶었다. 어렵고 복잡한 '메타인지'는 잘 모르겠지만, 매일 읽고 쓰다 보면 적어도 '나'에 대해서는 누구보다 잘 알게 된다고 말해 주고 싶다.

　일교차가 큰 새벽에 짙은 안개가 끼는 날이 있다. 안개 낀 도로에서는 비상등을 켜야 뒤따르는 차가 내 차와의 간격을 유지할 수 있다. 앞이 안 보인다고 비상등도 켜지 않고 그 자리에 멈춰 서 있으면 자칫 큰 사고로 이어질 수 있다. 앞이 보이지 않더라도 멈추는 것보다 조금씩 천천히라도 가는 게 더 안전하고 현명한 선택이다. 인생에서도 앞이 보이지 않는다고 그 자리에 머물러 있으려는 이들이 있다. 한 자리에만 머물러 있으면 아무 일도, 아무 곳으로도 갈 수 없다. 아무리 짙은 안개가 끼었어도 적어도 내 발밑은 보인다. 그때는 멀리 보지 말고 내 발밑만 보고 걷자. 반폭이라도 내딛으면 반폭만큼 앞으로 나아간다. 그렇게 조금씩 걷다 보면 어느새 안개는 걷히고 가야 할 목적지가 눈에 선명하게 보일 것이다. 멈추지 않는다면 말이다.

8

후회 없이 사는 최고의 방법

대화가 서툴러 소통 전문가가 쓴 책을 읽었다. 글을 잘 쓰고 싶어서 유명 작가의 비법이 담긴 책을 읽었다. 돈을 벌고 싶어서 부자들이 쓴 책을 읽었다. 대화 잘하는 법, 글 잘 쓰는 법, 돈 많이 버는 법을 읽고 배웠다면, 지금은 대화도 잘하고, 글도 잘 쓰고, 돈도 많이 벌어야 했다. 지금의 나는 이 중 어느 것도 잘하는 게 없다. 대화는 여전히 삐걱대고, 글은 매일 쓰지만 나 자신도 만족스럽지 못하고, 돈도 물론 월급으로 근근이 버티고 있다. 왜 나는 여전히 같은 모습으로 사는 걸까?

나는 삼 형제 중 막내다. 형들과 제일 많이 싸운 이유는 먹는 것 때문이다. 밥 때만 되면 민감해진다. 각자의 앞에 놓인 밥과 국은 지켜 준다. 대신 반찬은 먼저 먹는 사람의 몫이다. 취향이 비슷해 좋아하는 반찬도 다르지 않아서 늘 경쟁이 붙는다. 그중 하이라이트는 하나 남은 달걀말이를 누가 차지하느냐이다. 달걀말이는 만드는 과정과 정성, 재료가 듬뿍 들어가 반찬 중 절대 강자였다. 차라리 할당을 받았으면 싸움이 없었을 수도 있다. 반찬은 대개 숫자를 정해 놓고 만들진 않는다. 손이 가는 대로, 냉장고에 재료가 있는 대로 만들어 낸다. 그러니 반찬으로 다투는 자식들을 보는 어머니는 한심했을 터였다. 보다 못해 중재에 나설 때면 늘 어린 나에게 남은 하나를 챙겨 주셨다. 그때는 먹는 게 전부였다. 부모님은 먹는 데는 돈을 아끼지 않았지만, 워낙 벌이가 시원찮아서 많이 쓰고 싶어도 쓸 돈이 없던 때였다. 그런 사정을 먼저 알았는지 큰형은 라면을 좋아했다. 거짓말 조금 보태 매일 한 끼는 라면을 먹었다. 집에 라면이 없으면 용돈을 털어서 한 끼는 해결했다. 자기 돈 털어 산 라면이라 우리는 근처에도 못 갔다. 멀찍이서 국물까지 들이켜는 모습을 바라만 봐야 했다. 절대 '한 젓가락만'을 허용하지 않았다. 나도 질세라 자장 라면 두 개를 끓였고 배가 찢어지는 한이 있어도 절대 젓가락을 양보하지 않았다. 지금 생각하면 유치해도 너무 유치했다. 물론 없어서 못 먹을 때라 경쟁할 수밖에 없었다. 형제였지만 먹는 건 양보할 수 없었다. 그렇게 내 밥그릇, 네 밥그릇 따져가며 치열하게 먹어치운 덕분에 지금은 서로의 밥그릇을 지켜줄 정도로 의연해졌다. 링 위에서 서로 죽일 듯 12라운드를 뛰어도 공이 울리면 끌어안고 격려해 주는 복싱 선수처럼 말이다.

음식을 사이에 두고 형들과 '경쟁'했다. 누가 이기고 지는 경쟁은 아니었다. 하나라도 더 먹고 싶은 본능 같은 것이었다. 기분이 내킬 때 발휘되는 형제애 덕분에 양보도 한다. 마지막 남은 하나를 서로의 입에 넣어주는 아름다운 장면도 연출된다. 돌이켜 보면 양보는 나보다 형들의 몫이었다. 적게 먹은 것 같은 불만을 드러내면 못 이기는 척 자기 것을 내어 주었다. 물론 나도 같은 경우가 생기면 기꺼이 내놓기는 했었다. 경쟁이긴 했지만, 경쟁 같지 않았다. 많이 먹었다고 승자가 되는 것도 아니고, 덜 먹었다고 패자의 감정을 가질 이유가 없었다. 음식을 사이에 두고 경쟁이 아닌 '비교'를 했으면 어떻게 됐을까?

그때는 밥그릇, 국그릇은 모양도 크기도 제각각이었다. 그릇 같은 데 돈을 쓰느니 한 끼라도 더 잘 먹는 게 중요했던 어머니였다. 그릇 크기는 달랐어도 세 아들에 대해 똑같은 애정의 크기를 가진 어머니는 누구에게 더 주고 덜 주는 일은 없었다. 다른 크기의 그릇에 담긴 음식을 놓고 '내 것이 많네', '적네' 비교하면 결국 남는 건 싸움뿐이었다. 비교하며 다투는 우리를 본 어머니는 기가 찼을 수도 있다. 그럴 때면 먹고 더 먹으라는 한마디로 상황을 정리해 주셨다. 그랬던 것 같다. 앞에 놓인 음식을 눈으로 대충 짐작해 많고 적음을 가늠하고 비교해 봤자 마음만 불편해진다. 차라리 내 앞에 있는 밥과 국을 다 먹고 모자란 만큼 더 달라고 하면 그만이다. 비교보다는 행동을 통해 내가 얻고 싶은 걸 갖는 게 더 나은 방법임을 알았다. 안타깝게도 밥상에서 배운 방법을 사회에선 제대로 활용하지 못했던 것 같다.

학교는 물론 사회생활을 하면서 경쟁은 피할 수 없었다. 점수로, 성과로 줄을 세우는 현실에서 살아남기 위한 다른 선택은 없다. 내 점수를 올리려면 누군가를 이겨야 한다. 더 나은 성과를 내려면 동료보다 앞서야 한다. 다르게 보면, 경쟁을 통해 내가 성장할 수 있는 계기가 된다. 어쩌면 경쟁을 하려면 비교가 우선 되어야 할 수 있다. 나와 상대방의 차이를 비교하면 내가 어느 위치에 있는지 알 수 있게 된다. 그 위치를 벗어나기 위해 경쟁하듯 공부하면서 성과를 내려고 안간힘을 쓴다. 나의 분발은 상대방에게도 자극을 주고 선의 경쟁으로 이어지는 선순

환이 되기도 한다. 하지만 비교가 비교에만 머무르면 자신을 좀 먹는 꼴이 되고 만다. 책을 읽고 글을 쓰면서 조금씩 다른 삶을 살게 되었다. 책 속에, SNS에는 나보다 뛰어난 사람이 많았다. 그들은 자신의 성공을 통해 더 많은 사람이 다른 삶을 살길 바랐다. 대화를 잘하는 방법, 글을 잘 쓰는 방법, 돈을 많이 버는 방법을 경쟁하듯 알려주었다. 그들의 말을 듣고 있으면 나도 금방 그렇게 될 것 같았다. 그러나 그들의 말을 들을수록 나 자신이 초라해지기도 했다. 나는 이 나이 되도록 왜 아무것도 못했지? 일찍부터 했으면 저들처럼은 되어 있지 않았을까? 나는 해도 안되는 사람인가? 보고 듣는 수만큼 비교만 하고 있었다. 아무것도 할 수 없었다. 이제껏 노력이 헛수고는 아닌지 의심도 들었다.

비교의 감정이 들 때면 가만히 나를 들여다보고 하나씩 써봤다. 대상이 누구인지, 무엇을 비교하고 있는지, 비교를 통해 무엇을 얻을 수 있는지, 그동안 나는 어떤 결과를 만들어 냈는지, 나의 성과가 그들의 그것과 어떻게 다른지, 그들은 어떤 과정을 통해 그곳까지 갔는지, 그들의 성공이 내가 바라는 결과인지, 내가 가는 길이 그들과 다른 건 아닌지 등, 여러 질문을 던지며 나를 객관화해 봤다. 질문에 답하며 비교에 대해 구체적으로 알 수 있었다. 어떤 비교는 쓸데없는 망상일 때가 있었고, 어떤 비교는 지금의 나를 있는 그대로 드러내기도 했다. 비교의 대상과 비교에만 머무르지 않고 나를 구체적으로 들여다보는 과정을 통해 내가 가야 할 방향을 다시 확인할 수 있었다.

누구와 어떤 내용으로 비교해도 변하지 않는 사실 하나를 알았다. 그들이 성공할 수 있었던 가장 중요한 이유. 그들은 지금을 살았다. 그들은 성공이 눈에 보이지 않는 상황에서도 '지금' 할 수 있는 일에 온 힘을 다했다. 매일 같은 시간에 글을 썼고, 스스로 정한 규율대로 하루를 살았고, 매일 성공한 자신을 그리며 셀 수 없는 시간을 반복했다. 그들은 비교로 쓸데없는 불안만 키울 바에는 주어진 '지금' 이 순간에 최선을 다하는 걸 선택했다. 그런 순간이 쌓여 결국 그들이 바라는 성공을 만들어 냈다. 길이 없는 숲도 방향을 정해 수많은 사람이 지나가면 새로운 길이 만들어진다. 사람들 때문에 만들어진 길이라면 믿고 갈 수 있게 된다. '지금'을 살아냄으로써 수많은 이들이 성공했다면, 나도 그들을 따라 하지 않을 이유가 없었다. 그래서 비교보다는 지금에 집중하며 하루를 살고 있다. 그렇게 살려고 노력하는 게 내가 찾은 후회 없이 사는 최고의 방법이다.

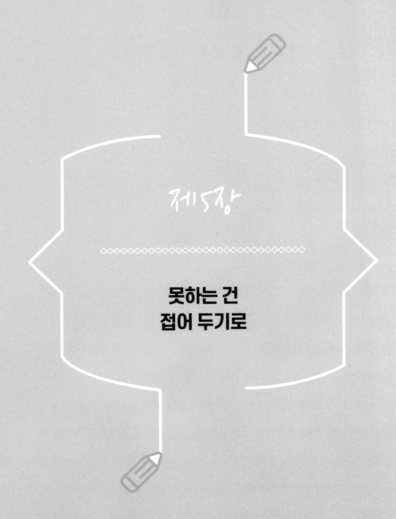

제5장

못하는 건
접어 두기로

더 화가 날 수도 있겠지만

학교 다닐 때 성적에 집착하지 않았다. 성적은 올라가지도 내려가지도 않는 무중력 상태였다. 매 학년 중간, 기말고사를 볼 때면 배운 만큼만 공부하고 아는 만큼만 답을 적었다. 사회에 나와서도 무중력 상태는 유지됐다. 서른이 넘어 제대로 직장을 다니기 시작했다. 늦은 시작이라 마음에 드는 직장을 구하기 어려웠다. 이직할 때면 늘 걸리는 두 가지가 있었다. 학력과 자격증이었다. 다행히 대학은 입학 후 15년 만에 졸업할 수 있었다. 남은 하나, 자격증이 문제였다. 자격증 시험은 필기와 실기 시험을 본다. 필기에 합격해야 실기를 볼 수 있다. 필기시험은 기출문제집만 10번 풀고 붙은 친구, 6개월 동안 죽은 듯 공부해 붙은 친구도 있었다. 합격할 마음이 있다면 적어도 그 정도 노력을 해야 한다는 의미였다. 10여 년 동안 같은 시험을 봤지만, 결국 필기시험도 못 붙고 포기했다. 해를 거듭할수록 떨어졌다는 말을 꺼내기도 부끄러웠다. 될 때까지 시도했던 게 아니라 안 되니까 포기해 버렸다. 적어도 공부에 대한 승부욕이 있었다면 포기하지 않았을 수도 있다.

승부욕이 생기는 건 절실함의 차이였건 것 같다. 자격증 시험 준비를 하면서도 직장은 다니고 있었다. 만족스럽지 못한 직장이지만, 일을 하고 월급을 받았다. 몇 개월 못 다닌 적도 있었고, 1년 넘게 월급을 못 받고 다닌 적도 있었지만, 직장은 계속 다녔다. 자의든 타의든 직장을 그만둔 뒤 구직 활동은 만만치 않았지만, 눈을 낮춘 덕분에 근근이 일을 이어 갈 수 있었다. 자격증이 꼭 필요한 회사는 나를 안 뽑으면 그만이었고, 나도 포기하면 그만이었다. 포기하면 또 다른 기회를 찾을 수 있었다. 그 과정은 마치 바닥이 어디인지 모른 채 계속 계단을 내려가는 것과 같았다. 내 가치를 낮출수록 일을 할 수 있는 곳은 나타났다. 자격증이 필수 조건이 아닌 직장 위주로 찾았다. 그러니 군이 절실하게 자격증에 매달릴 이유가 없어졌다. 반대로 절실했다면 어떻게 해서든 자격증을 땄을 터였다. 이 말은 자격증을 갖고 있었다면 조금 더 좋은 직장을 선택할 기회가 있었다는 의미다. 스스로 자격증 시험을 포기한 덕분에 나 자신도 그저 그런 사람이 되었고, 만족하지 못한 직장을 다닐 수밖에 없었다.

과거의 나는 자신에게 솔직하지 못했다. 이직과 자격증을 준비할 때도 안되는 걸 당연하게 받아들였고, 끝까지 노력하기보다 힘들면 포기하는 쉬운 선택을 했다. 그러니 승부욕이 없는 게 당연했다. 승부욕을 판단할 수 있는 건 끝까지 해봤을 때이다. 만족할 만큼 온 힘을 다한 결과, 실패인지 성공인지 알 수 있을 때 판단할 수 있다. 시도해 보지도 않고 쉬운 길만 선택한 뒤 승부욕이 없었다, 절실하지 않았다고 판단하는 건 자신에게 관대했기 때문이다. 학생 때도 마찬가지였다. 공부에 소질이 없고 머리가 나쁘다고 인정하니 노력하고 싶지 않았다. 자신에게 관대한 건 원래 그런 사람이라고 인정하는 꼴이다. 그렇게 사는 게 당연했던 나도 어느 때부터 이전과 다른 삶을 살아보고 싶어졌다. 책을 읽고 글을 쓰면서 이유를 찾았고, 나 자신에게도 솔직해지려고 노력했다. 지금까지 쓴 글 속에 과거의 모습을 담아냈다. 과거의 나를 보면서 화가 나기도 했다. 만약 그때 지금 알게 된 걸 알았다면 다른 삶을 살 수도 있었을 텐데. 더 중요한 건 그때의 나에게 화를 내기보다 있는 그대로 인정하는 것이었다. 그럴 수 있다고 말해 주었다. 이유를 찾고 이해를 하면서 달라질 기회를 갖게 되었다. 그 과정을 통해 나는 선택을 했다. 과거의 솔직하지 못했던 나를 인정하고 지금부터라도 나답게 살아가겠다고.

2018년 이후 5년째 책을 읽고 글을 쓰고 있다. 책을 읽는다고 월급이 오르는 것도, 글을 쓴다고 승진이 되는 것도 아닌데 나는 왜 그 시간 동안 읽고 쓰기를 반복하고 있는 걸까? 10여 년간 자격증 시험에 붙기 위해 절대량의 노력도 하지 않던 내가 5년째 어떻게 같은 일을 반복할 수 있었을까? 이유를 생각해 봤다.

글로 먹고사는 직업을 선택한 건 절실함에서 비롯되었다. 자기계발서, 인문, 철학, 경제 경영, 글쓰기, 사회과학 등 다양한 장르의 책을 통해 앞으로의 내 모습을 가늠해 볼 수 있었다. 어떻게 살아야 할지, 무엇을 하며 살아야 할지 조금씩 내가 할 수 있는 것 찾아봤다. 새로운 가능성을 발견한 건 글을 쓰면서였다. 읽고 쓰면서 공부하고, 익힌 배움의 가치를 타인에게 전하는 사람. 은퇴는 물론 나이 들어서도 할 수 있는 직업으로서의 가능성을 작가에서 찾았다. 작가라는 직업은 지금까지 이어온 직장 생활과는 결이 달랐다. 생소한 직업이었다. 1층부터 차근차근 올라가는 노력과 배움이 필요했다. 새로운 직업을 선택하고부터 이전까지의 스펙과 경력은 의미가 없었다. 지금의 일을 포기한다면 이제까지 쌓은 경력은 과거의 나를 말해 주는 몇 단어밖에 되지 않았다. 새로운 직업에는 새로운 경력과 경험이 필요했다. 작가라는 직업을 선택하기까지 오랜 시간 고민했다. 자격증을 준비했을 때처럼 안되면 포기하고 마는 건 아닐지 걱정도 했다. 내가 아는 나는 그만큼 승부욕도 절실함도 없는 사람이었기 때문이다. 고민 끝에 선택했다. 선택한 이상 후회하고 싶지 않았다. 후회 없이 살기 위해 앞만 보고 달렸다. 매일 똑같은 하루를 살았다. 이런 나를 주변 사람들은 끈기가 있다고 말했다. 꾸준함, 끈기, 이런 단어는 과거의 나에겐 없었다. 두 가지 감정이 들었다. 왜 진작 이러지 못했을까? 후회로 화가 나기도 했다. 다른 하나는 '그래 나도 이런 모습이 있었구나!' 늦게나마 이런 나를 발견할 수 있어서 다행이었다.

다이슨은 먼지봉투에 쌓이는 먼지에 의해 흡입력이 떨어지

는 문제를 개선하기 위해 싸이클론 방식의 신 개념을 청소기를 개발해 냈다. 청소기에 대한 불만이 출발점이 되어 세상에 없던 제품을 만들어 냈다. 자신에게 불만이 있다는 건 고칠 부분이 있다는 의미이다. 이는 변화의 가능성을 담고 있다. 무엇이 문제인지 들여다보고 어떻게 고칠 수 있는지 방법을 찾아본다면 내가 새로운 직업을 찾았듯, 새로운 가능성을 발견할 수도 있을 것이다. 그 과정이 편하지만은 않을 것이다. 싸이클론 방식은 5,126번의 실패 뒤에 만들어졌다. 포기하지 않았기에 세상에 없던 청소기를 만들어 냈듯, 자신을 찾는 과정도 포기하지 않았으면 한다. 시간이 걸리더라도 이전과 다른 자신을 발견할 수 있다면 그 정도는 기꺼이 감수할 수 있지 않을까?

아직 용기가 없다는 증거

책 한 권 분량의 원고를 쓰다 보면 유난히 손이 멈추는 글이 있다. 말하고 싶은 내용이 명확하지 않거나, 경험이 부족한 것을 어느 정도까지 드러내야 할지 망설여지는 경우이다. 며칠을 고민하고 쓰다 지우길 반복하다가 겨우 분량을 채우지만, 만족스럽지는 못하다. 아무리 끙끙거리며 썼어도 내 마음에 들지 않는 글은 독자도 선뜻 받아들이지 못한다. 그럴 땐 아까워하지 말고 지우고 다시 쓰는 게 답이다. 하지만 미련이 남아 백스페이스를 누르기까지 망설여지는 건 어쩔 수 없다. 조금만 손을 보면 대충 욱여넣을 수도 있을 것 같은데, 마치 천사와 악마가 싸우는 꼴이다. 악마의 속삭임에 이끌려 살려두지만 마음은 여전히 불편하다. 내 눈을 가리는 건 어렵지 않다. 한쪽 눈을 감고 합리화의 스위치를 켜면 그만이다. 하지만 내 글을 읽는 독자의 눈을 속이진 못할 테다. 어쩌면 순서를 착각하고 있는 것 같다. 내 눈을 가릴 게 아니라 나에게 더 냉정해져야 할 것이다. 내 마음에 들지 않는다는 사실은 나 자신이 제일 먼저 알기 때문이다. 나를 설득하지 못한 글, 스스로 용기 내 쓰지 못한 글은 어딘가 불편하기 마련이다. 그런 글은 독자도 읽는 내내 고구마를 100개 먹은 듯 답답할 테니 말이다.

어머니 생신이었다. 맞벌이 중인 우리 부부는 따로 상을 차릴 시간이 없어 식당을 예약해 생일상을 대신하기로 했다. 외식을 싫어하는 어머니도 평일 저녁이라 이해해 주셨다. 두 딸도 오랜만에 외식이라 한껏 기대했다. 식당의 배려로 여덟 명 자리에 다섯 명이 앉아서 여유롭게 식사를 즐길 수 있었다. 가끔 모여 식사를 하면 아내와 채윤이가 주로 말을 이어 갔다. 보민이는 초등학교 고학년이 되면서 할머니에게 말하는 횟수가 눈에 띄게 줄었다. 질문에 '네', '아니요'로만 답했다. 어릴 땐 할머니를 잘 따랐다. 조금씩 철이 들고 주말에도 약속과 학원으로 바빠지면서 얼굴 보고 대화하는 시간이 줄었다. 큰딸은 내 성격을 닭아서 말수가 적다. 좋다 싫다 표현도 서툴다. 그런 손녀를 지켜보는 할머니도 불편해하는 게 보인다. 보고 있는 나도 답답해 슬쩍 옆구리를 찌르며 눈치를 주지만, 눈치만 볼 뿐 말을 하지는 않는다. 아마도 나 때문인 것 같다. 나도 아직 어머니와 있는 게 불편하다. 다 같이 모여도 할 말이 있을 때만 입을 연다. 그런 내 모습을 보고 보민이도 당연히 말을 안 해도 된다고 여길 수 있다. 나도 제대로 못 하는 것을 딸에게 강요할 수 없는 노릇이다. 내년이면 중학생이 되고 사춘기도 심해지면 지금보다 더 말이 줄어들게 보였다. 나도 중학생이 되면서 말수가 줄었다. 성인이 되고 독립하면서 대화할 기회도 줄었다. 결혼을 준비하면서, 집안의 대소사를 의논하면서 자주 부딪혔고, 그때마다 나는 입을 닫으며 상황을 회피했다. 이유가 어떻든 다투고 화해하며 지내는 게 가족이다. 어머니께 서운한 감정이 있어도 대화하며 풀어버리면 그만이다. 담아둘수록 돌아오지 못하는 강을 건너듯 몸과 마음이 멀어지게 된다. 두 딸이 지켜보는 건 차치하더라도 나와 어머니의 관계는 분명 돌파구가 필요했다. 그 시작은 내가 되어야 한다고 생각했다. 4년째 나에 대해 글을 쓰면서 못마땅한 부분을 고쳐보려고 노력 중이다. 노력은 하지만 정작 눈에 보일 만큼 달라지지 못하고 있다. 나 자신도 만족하지 못한다면 다른 가족도 똑같이 볼 수 있다. 마치 억지로 쓴 글을 눈 가리고 아옹하며 독자에게 읽히는 것과 같다.

변화를 바란다면 생각만으로는 아무 일도 일어나지 않는다. 변화는 행동의 결과물이다. 바라는 게 있다면 생각하지 말고 행동을 해야만 손에 넣을 수 있다. 이런 원칙은 예외가 없다. 행동은 결단이 따라야 한다. 결단은 행동의 시작이다. 과거의 만족스럽지 못한 나와의 고리를 끊겠다는 결단, 그리고 행동. 나는 글을 쓰기 시작하면서 못마땅한 나와 마주해 왔다. 그동안 쓴 글들은 무엇이 문제인지 알려주었다. 문제가 드러나면서 결단을 내렸고 행동에 옮기고 있다. 일상에 독서를 끌어들인 게 그랬고, 하고 싶은 걸 찾으려는 노력이 그랬고, 글을 쓰며 과거의 나를 돌아보는 게 그랬고, 이렇게 배우고 얻은 걸 사람들과 나누는 게 그랬다. 다만 어머니와의 관계에서만큼은 주저하고 있다. 용기가 부족한 것 같다. 바꿔 생각해 보면 가족만큼 용기가 필요하지 않는 관계도 없을 테다. 내가 무슨 짓을 하든, 어떤 말을 하든 내가 어머니의 자식이란 사실은 변하지 않는다. 어떤 행동을 해도 이해받을 수 있다면 망설이고 주저할 이유가 없을 것 같다. 부모 자식 사이에 어느 정도 비밀은 있을 수 있지만, 관계가 불편해질 정도로 벽을 쌓을 필요는 없다는 의미이다. 나도 부모가 되어 보니 자식에게만큼은 아무런 조건 없이 모든 걸 내

놓을 각오로 산다. 어머니도 만약 내가 법을 어기는 짓을 했어도 내 말을 먼저 들어주실 분이라는 걸 누구보다 잘 안다. 당장은 내 행동이 마음에 안 들 수도 있지만 그래도 참고 기다리고 있다는 걸 잘 안다. 그래서 적어도 나 자신에게만은 솔직해지려고 노력하는 중이다. 솔직해진다는 의미는 무엇 때문에 힘들어하고 무엇을 고쳐야 하는지 있는 그대로 들여다보는 것이다. 연필로 쓴 글씨를 지우더라도 자국은 남지만 다시 쓸 여백이 생긴다. 써놓은 글이 아까워 지우지 않으면 의미가 뒤죽박죽되고 만다. 나를 솔직하게 들여다보며 불필요한 것은 지우고 있다. 써놓은 글도 다시 읽어보며 고치고 있다. 맥락에 맞게 자르고 붙인다. 시간이 얼마가 걸리든 포기할 수 없다. 내가 내 아이를 포기하고 싶지 않듯, 어머니도 이런 나를 기다려주고 있는 거로 생각한다. 조금 일찍 용기를 내면 새 글을 쓸 수 있을 것 같다. 지워놓은 빈 종이에 이전과 다른 내용을 채우고 싶다. 후회가 남지 않도록.

논어 학이 편의 '학이시습지'는 '배우고 때때로 익히'라는 의

미이다. 학자들 사이 '시습'을 두고 다양한 해석을 내놓았지만, 크게 두 가지로 나눌 수 있다. 하나는 배우는 '시기'이고, 다른 하나는 배우는 '때때로' 라고 해석한다. 일생, 일 년, 하루를 두고 배우는 것을 '시기'로 해석한다. '때때로'는 무언가를 배우는 그 때마다 수시로 익히고 배우길 반복하라는 해석이다. 자신에게 부족한 게 있고 그걸 채우기 위해서는 '시기'를 두고 배우는 것보다 수시로 반복하고 익힌다는 의미가 가 닿을 수 있을 것이다. 배워서 내 것이 된다는 건 끊임없는 반복을 통해서만 가능하다. 배우고, 익히고를 반복하며 행동으로 옮길 때 비로소 내 것이 될 수 있다. 자신에게 부족한 것들을 하나씩 채우며 산다면 적어도 후회는 남지 않는 삶을 살 수 있지 않을까?

3

마음의 무게를 내려놓을 수 있다면

2019년 2월, 개인회생이 시작됐다. 매달 월급의 절반을 변제금으로 냈다. 줄어든 수입 때문에 아내도 다시 일을 시작했다. 유치원 정교사 자리는 구할 수 없어서 시간제로 근무했다. 6시간 근무하고 받는 월급은 변제금에도 못 미쳤다. 월급의 남은 절반과 아내의 월급으로 한 달을 살아야 했다. 전세금 대출 이자, 두 아이 학원비, 공과금, 보험료, 식비까지 줄여봤지만, 적자를 벗어날 수 없었다. 둘이 벌어도 적자가 쌓여갔다. 팔 수 있는 걸 하나씩 정리했다. 꼭 필요한 보험만 남겨두고 생활비가 부족할 때 하나씩 해지했다. 결혼 예물도 팔았다. 그렇게 둘이서 쌓아났던 것들이 하나씩 사라져도 나는 아무 말도 못했다. 아내도 말을 아꼈다. 아내는 보험을 해지하고, 예물을 팔고, 적금을 깰 때도 내 눈치를 봤다. 그렇게 열 달을 버텼다. 둘이 버는 수입은 변함이 없었다. 더는 팔 수 있는 것도 없었다. 결혼 후 하나씩 쌓아왔던 것들을 다시 하나씩 잃어갔다. 당연하게 있어야 할 것들이 하나씩 사라지는 걸 보면서 결단을 내려야 했다. 남은 건 결혼할 때 산 집뿐이었다. 집을 판 돈으로 일시 변제 후 개인회생을 마무리한 뒤 다시 월급을 되돌리는 것이었다. 내가 제한은 했지만, 아내의 결정을 따르고 싶었다. 집은 아내에겐 남다른 의미가 있었기 때문이다. 그 집에서 대학과 직장을 다녔고, 신혼살림을 시작해 두 아이를 낳고 키웠다. 아내의 오빠는 결혼하는 막내를 위해 기꺼이 내어 주었던 마음이 담긴 집이었다. 20년 이상 그 집을 떠나지 않았다. 아내가 싫다면 뜻에 따르기로 했다. 아내는 며칠을 고민했고 결국 집을 팔기로 했다.

개인회생이 시작되기 전에도, 시작된 이후에도 매일 글을 썼다. 아내는 매일 글을 쓰는 나에게 불평 한마디 하지 않았다. 글을 쓰는 이유를 알고 있었기 때문이다. 월급의 반만 보낼 때, 아내가 적금을 깰 때, 아이의 보험을 해약할 때, 웃으며 결혼 예물을 팔 때도 글을 썼다. 글을 안 쓰면 무너질 것 같았다. 월급의 반밖에 못 주고, 10년 이상 지켜온 보험을 해약하게 했고, 아이들의 미래를 불안하게 만들어야 했고, 반지를 나누어 끼며 서로를 위해 살겠다는 그때의 다짐에 금이 가게 하였다. 자괴감이 들었고, 수시로 흔들렸지만, 글을 쓰면서 나를 지키려고 했다. 이런 나를 무책임하다고 말하는 사람도 있다. 나는 적어도 나 자신과 아내에게 당당해지기 위해 글을 썼다. 글을 쓰는 게 그때 내가 할 수 있는 일이었고, 내 책임을 다하는 것이라고 믿었다. 매달 쪼들리는 생활비를 생각하면 아르바이트라도 해야 하는 거 아니냐고 말할 수 있다. 그런 생각을 안 했던 건 아니다. 내가 저지른 일이니 그렇게라도 수습하며 아내와 아이를 덜 불편하게 하는 게 맞다. 하지만 나는 선택했다. 당장의 상황을 모면하기 위한 대책이 아닌, 이 시간에 더 가치 있는 일을 하고 싶었다. 시간이 지나서 후회가 덜 드는 게 무엇인지 고민했고, 그래서 내가 할 수 있는 일에 집중하기로 했다. 하고 싶은 일, 명확한 목표를 세운 이상 흔들려서는 안됐다. 가뜩이나 불안할 때 나마저 갈피를 못 잡고 있으면 아내도 더 불안해할 것 같았다. 다행히 아내도 내 선택을 믿고 따라줬다. 아내의 배려 덕분에 미안한 감정은 있었지만, 죄책감은 내려놓을 수 있었다. 그래서 더 악착같이 글을 썼다.

지금은 전세에 살고 있다. 둘의 월급으로 빠듯하지만 부족하지는 않다. 적은 돈이지만 저축도 하고 있다. 아내는 여전히 직장을 다니고 있다. 나도 여전히 매일 글을 쓰고 있다. 그때와 지금 달라진 게 하나 있다면 내 이름으로 쓴 책이 세상에 나왔다는 것이다. 한 해 동안 5권의 책을 집필했다. 그중 세 권이 세상에 나왔다. 이름을 알리고 큰돈을 벌지 못하지만, 결과물을 만들어 냈다는 데 의의가 있었다. 책을 낸 덕분에 매달 몇천 원의 저작료를 받는 직업 멘토링도 할 수 있었고, 온라인 서점에서 팔리는 책의 인세도 받고, 저자로 초대받아 강의료를 받기도 했다. 그 돈으로 살림이 나아지지는 않았다. 개인회생을 할 때는 몇천 원도 벌지 못했던 나였지만, 그 시간을 견뎌낸 덕분에 적은 돈이라도 글을 통해 수입을 얻게 되었다. 부족한 생활비를 메우기 위해 아르바이트라도 해야 했던 시간에 나는 글을 썼다. 글 쓰는 시간을 포기하고 만약 아르바이트를 했다면 생활비에 보탬은 됐을 것이다. 그 시간이 한 달일지, 아니면 일 년이 될지 가늠할 수 없었다. 막연한 불안함에 정작 나에게 중요한 걸 포기했다면 어떻게 됐을까? 낮에는 직장을 다니고 저녁엔 아르바이트를 하면서 불만이 쌓여갔을 거다. 그렇게밖에 살지 못하는 나 자신에게 더 화가 났을 거다. 그 화가 쌓여 아내에게, 아이들에게로 향했을 수도 있다. 극단적이라 할 수도 있지만 내가 아는 나라면 충분히 그러고도 남았다. 반대로 지금의 나를 보기 좋게 포장하려는 것도 아니다. 다만 그때의 내 선택에 대해 있는 그대로 말하고 싶었다. 바라는 걸 얻기 위해 무엇을 포기하고 어떤 것에 집중했는지 알려주고 싶었다.

삶은 수많은 선택의 연속이다. 매 순간 선택에 따라 삶의 방향도 달라진다. 지금의 내 모습은 그동안 내가 내린 선택의 결과라는 말이 있다. 월급이 안 나올 때 아내에게 말하는 대신 돈을 빌리는 걸 선택했다. 그 선택을 시작으로 빚은 빚을 낳았고, 결국 개인회생까지 이어졌고 집까지 잃었다. 그때가 나에겐 바닥이나 다름없었다. 빚에 허덕이며 허공을 떠돌던 내가 바닥까지 떨어졌다. 바닥에 떨어지고 알았다. 바닥에 발이 닿았으면 딛고 일어서면 된다는 것을. 두 발을 바닥에 딛고 나는 글을 쓰기 시작했다. 글을 쓰면서 내 잘못을 되짚어 봤다. 글을 쓰면서 내가 할 수 있는 걸 찾아봤다. 글을 쓰면서 우리를 위해 무엇을 해야 할지 고민했다. 글을 쓰니까 하나씩 선명해지기 시작했다. 아내에게 먼저 말하지 않은 잘못된 내 행동을 알게 되었고, 불안한 나를 지켜낼 수 있는 게 책을 읽고 글을 쓰는 것이라는 걸 알게 되었고, 결국 나와 가족을 다시 일으켜 세워줄 수 있는 건 내가 잘할 수 있는 글쓰기를 통해서라는 걸 얻을 수 있었다. 모든 게 불안하던 그때 아내에 대한 마음의 짐 때문에 다른 선택을 했다면 또 다른 길을 가고 있을지 모른다. 그 길도 틀리지 않을 수 있다. 반대로 지금 이 길이 정답이라고 할 수는 없다. 선택이 망설여지는 건 결과에 대한 불확실 때문일 것이다. 모든 선택에는 불확실이 그림자처럼 따라다닌다. 다만 그 불안을 지울 수 있는 건 '지금'을 어떻게 사느냐이다. 적어도 내가 살아내는 '지금'은 아내에 대한 마음의 짐은 덜고 내 선택에 확신을 갖고 산다.

불안하고 초조할 때 올바른 선택을 내리기 어렵다. 어렵게 선택했다고 해도 이를 지속하는 게 힘이 들 수 있다. 선택을 의심하고 스스로를 믿지 못하는 이유가 클 것이다. 선택에 확신이 없고, 능력이 부족하고, 자신을 불신하는 마음이 든다고 섣불리 포기해서는 안된다. 나는 나에 대한 확신이 없었지만, 손에 잡은 글쓰기를 포기하지 않았다. 재능이 있어서 시작한 사람, 나는 재능이 없었다. 성과가 빨리 나오는 사람, 나는 성과가 더뎠다. 하지만 재능을 믿지 않고 비교를 멀리하며 내 부족함을 채우는 마음으로 매일 꾸준히 성실히 내 역할을 했다. 빨리 이루고 금방 사라지는 사람이 되고 싶지 않았다. 쇠는 두드릴수록 단단해진다. 대장장이의 성실함과 노력이 결국 쉽게 부러지지 않는 쇠를 만든다. 우리는 늘 불안한 시기를 살고 있다. 어떤 선택을 내려도 불안은 따라다닌다. 불안을 핑계로 노력을 게을리 할 수도 있다. 하지만 불안을 이겨내는 방법은 대장장이의 성실함이 답일 수 있다. 매일 성실히 망치질을 했을 때 얻어지는 게 무엇인지 명확히 안다면 지금을 허투루 보내지는 않을 테니 말이다.

이전과 확실히 달라진 삶

학교 다닐 때도 교칙이 있었다. 직장에서도 사규가 있다. 어느 조직에 속하든 자율보다 정해진 규율이 먼저이다. 더 자고 싶다고 출근 시간을 어길 수도 없고, 여행을 가고 싶다고 허락 없이 휴가를 낼 수도 없다. 조직의 이익을 위해 직급과 직책에 맞는 업무를 우선시해야 한다. 그러다 보니 조직의 의사를 내 의견으로 착각하고 당연한 듯 따르게 되는 것 같다. 월급에 모든 게 포함되어 있다는 합리화로 내가 하고 싶은 말을 꾹꾹 눌러 두게 된 것 같다. 직장에는 규율만 있을 뿐 자율은 없었다.

규율과 자율의 구분이 필요했다. 회사가 정해놓은 규칙을 따른다고 내 미래가 보장되는 것도 아니었다. 어쩌면 조직은 자기소리를 내는 조직원을 원하지 않는다. 정해진 규칙을 따르며 높은 생산성을 내는 직원만을 필요로 할 것이다. 자기 목소리를 낸다는 건 규칙에 반대한다고 비칠 수 있다. 그래서 점심을 따로 먹겠다는 말에 색안경부터 끼고 봤을 수도 있다. 한 사람의 독단적인 행동이 회사의 분위기를 흐릴 수 있다고 반감을 드러낼수도 있다. 그럴 때면 조직에 충성도 높은 이가 나서서 우회적인 표현으로 회유를 한다. 10년 이상 직장 생활을 하면서 혼자 밥먹을 생각도 못했지만, 설령 시도했어도 누군가의 설득에 포기하고 말았다. 자율의 의미를 몰랐었다. 당연히 규칙이 먼저라고 믿었다. 그런 믿음의 결과는 그저 그런 직장인, 내 시간이 없는 월급쟁이일 뿐이었다.

직장에서 혼자 점심을 먹은 지 15개월째다. 거절을 못하는 성격 탓에 점심시간만 되면 한 테이블에 둘러앉았다. 상사의 눈치를 보며 먹는 한 끼는 이 맛도 저 맛도 아니었고, 고픈 배도 채워주지 못했다. 거절을 결심한 계기는 건강검진 결과지를 손에 들고부터였다. 더 놔두면 내 몸이 망가질 것 같았다. 의사는 규칙적인 운동을 권했다. 운동이 좋다는 건 잘 안다. 하지만 5

년째 독서와 글쓰기로 다져놓은 일상에 운동이 끼어들 틈이 없었다. 늘 마음만 있었다. 출근 전이나 퇴근 후 1시간 정도 운동을 하면 분명 몸은 좋아질 것이었다. 하지만 하루 꼬박 2~3시간을 책과 글쓰기에 할애하는 것도 벅찼다. 그러니 다른 방법을 찾아야 했다. 우선 식단관리부터 시작하기로 마음먹었다. 결심을 세우고 출근한 월요일, 점심시간이 다가오니 머릿속이 복잡해졌다. 뭐라고 설명하지? 혼자 먹겠다고 하면 어떤 반응을 보일까? 말도 못 꺼내는 건 아닐까? 다른 직원은 점심시간이 오길 기다리고 있었지만, 나는 나갈 준비를 하고 있었다. 주문한 점심이 도착하자 때를 맞춰 사무실을 나서는 데 사장님이 물었다. 예전 같으면 우물쭈물하며 하고 싶은 말 못하고 그냥 밥을 먹을 수도 있었다. 하지만 눈 한번 질끈 감고 당당하게 말했다. 더 묻지 않았다. 그 길로 사무실을 나와 혼자 점심을 먹기 시작했고, 15개월째 같은 일상을 반복하고 있다. 직원들도 얼마나 갈까 걱정하는 눈치였지만, 1년 이상 이어 가는 걸 지켜보고는 더는 말을 꺼내지 않았다. 밖에서 점심을 먹는다고 내 시간을 더 쓰는 건 아니었다. 정해진 1시간 내 모든 걸 해결하고 다시 제자리로 돌아온다. 당연하다. 내 건강을 지키는 건 내 몫이고 그 때문에 정해진 규칙을 어겨서는 안된다. 나는 회사가 정한 규칙 속에서 내 의지대로 점심시간을 자유롭게 활용한다.

밥 한 끼 먹으면서 유난을 떤다고 말하는 사람도 있었다. 그렇게 계속 혼자 먹으면 사람들과도 멀어진다고 말했다. 나도 처음엔 그런 걱정이 있었다. 다르게 생각했다. 점심을 같이 먹는다고 없던 우정이 생기는 것도 아니다. 밥 한 끼 먹으면서 인생이 바뀌는 순간이 찾아오는 것도 아니다. 물론 그런 시간이 쌓여 서로에게 애정도 생기고 관계도 돈독해질 수는 있다. 바꿔 생각해 보면 굳이 점심시간이 아니어도 관계를 유지하는 방법은 있다. 업무적으로 상대방을 배려할 수도 있고, 불필요한 요구를 하지 않을 수도 있고, 오며가며 가벼운 대화를 나누는 것도 방법이다. 오히려 규칙적인 생활을 하는 나를 보며 다른 인상을 받았다고 했다. 그들도 시도해 보고 싶었지만 선뜻 못했던 것. 그걸 해내고 있는 나에게서 대리 만족 같은 걸 느낀다고 했다. 그들과 다른 점심시간을 보내는 한 가지 차이점은 목적의식이라 생각한다. 나는 건강을 되찾기 위해 일상에서 할 수 있는 걸 찾았고, 그 결과 혼자 먹는 점심을 선택했다. 혼자 먹는 점심을 통해 그동안 놓쳤던 건강을 되찾고 싶었다. 건강을 되찾는 건 개인의 문제이다. 그로 인해 회사가 정해놓은 규칙을 어길 수도 없다. 정해진 규칙 안에서 목적을 달성할 수 있는 방법은 의지를 갖고 주어진 시간을 활용하는 것이었다. 같은 회사에 있다는 이유로 모두 같은 곳을 바라보고 있었다면, 나는 적어도 나에게 주어진 1시간은 나를 바라보기로 했다.

　우리는 학교와 사회생활 내내 규칙 속에서 살았다. 규칙을 지키는 학생이 모범생이고, 능력 있는 직장인이었다. 조직이 정해놓은 규율을 잘 지키면 안락한 일상을 보장받는다. 하지만 규칙을 따르는 안락한 일상은 언젠가 깨야 하는 꿈이다. 누구나 스스로 서야 하는 때가 온다. 그때 필요한 건 규칙이 아닌, 자율이다. 어려서부터 쇠사슬을 차고 자란 코끼리가 다 자라서도 쇠사슬을 끊지 못하는 것처럼 익숙했던 규칙에서 벗어나는 건 쉬운 일은 아니다. 그래도 피해 갈 수 없다면 준비해야 한다. 나도 이런 준비를 2018년부터 해오고 있다. 출근 전 2시간, 책을 읽고 글을 쓴다. 퇴근 후 2시간, 강의를 듣고 책을 읽는다. 주말에도 똑같이 반복한다. 거기에 점심시간 1시간까지 오롯이 나를 위해 사용한다. 여전히 직장을 다니고 정해진 규칙에 따라 출퇴근과 업무 시간을 지키고 있다. 다만 나 스스로 규칙을 정하고 지키면서 직장이라는 울타리를 벗어날 준비를 하고 있다. 정신 없이 살아야 제대로 된 일상을 살 수 있는 게 현실이다. 그런 일상이 언제까지 이어지지는 않을 테다. 이전과 다른 일상을 살고 싶은 마음은 누구나 갖고 있다. 바라는 게 있다면 조금씩 시도해 봤으면 좋겠다. 하루 단 30분이라도 내 의지대로 사용해 본다면 지금의 울타리가 그리 높게 느껴지지 않을 테다. 내 시간이 늘어날수록 높았던 울타리도 낮아질 거라 생각한다. 그때 내 발로 당당하게 걸어 나오길 바라본다.

어느 조직에 있건 규칙은 자신을 지켜주는 최소한의 안전장치이다. 규칙을 지킴으로써 안락한 삶을 보장받는다. 규칙 안에 있으면 그게 전부라 생각한다. 하지만 규칙에서 벗어나 본 사람만이 낯선 시도를 할 수 있다. 새로운 시도로 자신이 바라는 삶을 살게 되더라도 또 다른 규칙 속에 살게 된다. 그때의 규칙은 스스로 만든 규율이 된다. 남이 만들어놓은 규칙을 지키는 사람과 스스로 규칙을 만들고 지켜내는 사람은 분명 다른 일상을 살게 된다. 어떤 식으로든 규칙을 지켰을 때 바라는 삶을 살 수 있다면, 이왕이면 자신이 바라는 대로 만들어가는 게 더 의미 있는 삶이지 않을까?

사람이 보이기 시작했다

'사물이 보이는 것보다 가까이 있음.' 운전석 사이드미러에 적혀 있는 문구이다. 운전자의 사각지대를 최소화하기 위해 운전석 사이드미러는 볼록 유리를 사용한다. 볼록 유리는 일반 유리보다 시야가 넓지만, 가까운 사물을 멀리 있는 것처럼 보여주기 때문에 이런 문구를 넣는다고 한다. 다양한 책을 읽기 시작하면서 세상을 보는 시야를 넓힐 수 있었다. 책을 읽기 전 몰랐던 것들을 하나씩 알게 되면서 손에 하나씩 쥐기 시작했다. 알면 알수록 멀리 있던 것들이 아니었다. 내 주변 것 중 미처 생각하지 못하고, 관심을 주지 않았던 것들이었다. 시간, 습관, 태도, 말투, 성실, 노력 등. 각각의 의미를 되새기며 삶의 태도도 달라지기 시작했다. 책을 통해 얻을 수 있는 게 거창하고 대단한 게 아니었다. 거울로 보니 멀리 보였을 뿐, 실상은 내 주변 가까이에 늘 존재했었던 것들이다. 그렇게 시야가 넓어질수록 나 혼자만 알고 있는 게 미안해졌다. 모 광고의 '정말 좋은데 어떻게 표현할 방법이 없네'라는 문구처럼 책이 좋다는 걸 알리고 싶었지만, 방법이 문제였다.

블로그를 2년 가까이 운영했지만 조회 수가 생각만큼 늘지 않았다. 블로그에 회의감이 든 그때 눈에 띈 게 인스타그램이었다. 블로그보다 접근이 쉬웠고 게시물 작성도 어렵지 않았다. 책을 주제로 사진으로 소통하는 건 블로그보다는 쉬울 것 같았다. 매일 읽는 책을 기록하는 건 어렵지 않았다. 오히려 기록하는 습관이 책을 더 읽게 하는 동기가 되기도 했다. 블로그를 시작할 때도 나를 아는 주변 사람들에게 알리지 않았다. 클래식 음악을 안 듣던 사람에게 클래식을 권하면 인상부터 쓰는 것과 다르지 않았다. 인스타그램도 마찬가지였다. 주변 사람에게 알리기보다 모르는 사람에게 팔로워 요청을 했다. 마흔 중반, SNS를 들여다볼 여유가 없는 일상이다. 나는 목적을 갖고 시작했지만, 그렇지 않으면 어쩌다 잘못 눌러 계정이 생기고 그냥 내버려

두는 게 대부분이다. 친구 중에도 한두 명 그래 보였다. 그때 고등학교 동창 한 명이 눈에 들어왔다. 활발하진 않았지만 내버려 둔 것 같지도 않았다. 내가 올리는 게시물에 꾸준히 관심을 보였다. 내 게시물이 쌓일수록 그 친구의 반응도 꾸준했다. 하루는 《마흔의 돈 공부》 서평에 그 친구가 댓글을 남겼다. 그 책의 저자인 단희 선생님의 유튜브를 자주 본다고 했고, 그분이 쓴 책이라 관심이 있었다는 내용이었다. 친구에게 묻지도 않고 책부터 선물했다. 선물을 하면서 기대감도 들었다. 극적이지 않더라도 천천히 시작할 수 있는 계기이길 바랐다. '이 책이 네가 얻고 싶은 것의 시작이 되었으면 좋겠다.'는 짧은 인사만 덧붙였다.

사람들은 책이 좋다는 걸 다 안다. 다만 시간이 없고 관심이 적어 손에 들지 않을 뿐이다. 그중 어떤 계기를 통해 절실해진 일부만이 책을 펼친다고 생각했다. 절실함은 대개 자기 안에서 일어난다. 충격적인 사건을 겪거나, 스스로 변화를 결심하는 등의 특별한 계기가 발판이 된다. 주변 사람이 억지로 동기부여 한다고 생기는 게 아니었다. 불행히도 그런 계기가 쉽게 생기지도 않고, 생긴다 해도 선택은 오롯이 각자의 몫일 수밖에 없다. 별일 없이 잘 사는 이들에게 '변화'라는 단어는 용기를 필요로 한다. 쥐고 있는 걸 놓을 용기는 선뜻 생기지 않는다. 나처럼 마흔 중반까지 살았다면 더더욱 그렇다. 살아온 시간만큼을 살아야 하고, 자식까지 키우며 노후도 준비하는 건 만만하지 않기 때문이다. 해보지 않은 일에 도전해야 할 시기를 앞두고 있지만, 정작 어떤 준비를 해야 할지 막막하기만 하다. 그렇다고 닥쳐서 급하게 준비하면 열에 아홉은 실패를 맛볼 수도 있다. 그 친구에게도 망설임 없이 책을 선물한 이유도 미리부터 준비하길 바라는 마음에서였다. 그 책을 선물 받은 친구도 새롭게 각오를 다지고 행동으로 옮기까지 1년이 더 걸렸다. 올해부터 본격적으로 책을 읽게 되었다며 얼마 전 인사를 전했다.

직장 후배 H는 망해가는 회사에서 힘든 시간을 보낸 '동지'였다. 공인중개사 시험을 함께 준비했지만 나는 떨어졌고 H는 합격했다. 이후 소속 중개사로 1년간 근무 후 개인 사무소를 열어 사업을 이어오고 있다. 가끔 만날 때면 책 읽고 글을 쓰는 근황을 전했다. 권투 선수에게 치명상을 입히는 한 방도 있지만, 경기 내내 맞은 잽 때문에 무너지는 이도 있다. H가 그랬다. 어느 날 자신도 책 읽는 재미에 빠졌다고 고백했다. 나처럼 치열하게는 아니어도 일주일에 한 권씩은 읽는다고 했다. 그리고 나에게 감사를 전했다. 내가 더 감사했다. 왜 읽어야 하는지 목에 핏대를 세우며 일장 연설을 한 것도 아니었다. 설령 그랬다 해도 스스로 받아들이지 않았다면 공염불이었을 테다. 묵묵히 내가 정한 길을 걷는 모습을 지켜본 그가 스스로 방향을 틀은 게 다행이었다. 그도 그런 변화가 싫지 않다고 했다. 진작 그러지 못해 아쉬움은 남지만, 지금이라도 책을 잡은 게 다행이라 했다. 그리곤 나에게 개인 교습을 바랐다. 내가 가진 경험을 나누어 달라는 의미였다. 나도 기꺼이 그러겠다고 했다. 다만, 내 시간은 조금 비싸다는 농담 같지 않은 농담도 던져봤다.

사람마다 생김새가 다르듯 생각도 다르다. 나에게 좋은 게 그들에게도 좋다는 법은 없다. 저마다 받아들이는 시기가 다를 뿐이다. 그들에게 내 생각만 주입하면 거부감만 줄 뿐이다. 내가 정말 그들에게 좋다는 걸 알리고 싶으면 내가 좋다는 걸 있는 그대로 보여주면 된다. 책을 통해 내가 얻는 걸 보여주고, 글을 쓰며 내가 달라지는 모습을 보여주면 된다. 책을 읽을지 말지를 그들이 선택하듯, 나도 책을 읽고 글을 쓰는 모습을 보여주는 건 내 선택일 뿐이다. 선택을 강요하기보다 달라지는 모습을 보여주는 게 오히려 더 진정성 있게 닿을 거라 믿는다. 그러니 좋은 걸 어떤 방식으로 표현하기보다 나 스스로 즐기는 게 먼저인 것 같다. 공연장에서 무대 위 가수를 보며 즐기기도 하지만, 주변 사람이 즐기는 모습을 보며 더 흥이 나는 것처럼 말이다.

한 치 앞을 내다본다는 것

시험을 보면 결과가 궁금하다. 예고편을 본 영화는 결말을 예측하며 화면 앞에 앉는다. 메뉴판의 음식 이름만 보고 어떤 맛일지 짐작하게 된다. 시험은 답을 맞혀봐야 결과를 알 수 있고, 영화는 끝까지 봐야 결말을 알 수 있고, 주문한 음식은 입에 넣어봐야 맛을 알 수 있다. 정답지를 먼저 보면 시험의 분별력을 잃고, 결말을 알고 보는 영화는 긴장감을 떨어뜨리고, 맛을 아는 음식은 별다른 기대가 없어진다. 답을 알 수 없는 시험을 잘 보기 위해 눈앞의 문제에 집중하게 된다. 결말을 알고 싶은 영화는 한 장면 한 장면 놓치지 않고 보게 된다. 맛이 궁금한 음식은 음미하면서 먹게 된다. 바라는 시험의 결과, 궁금한 결말, 짐작했던 음식 맛이 더 가치를 갖게 되는 건 결과를 알 수 없기 때문이지 않을까? 시험 결과, 영화 결말, 궁금한 음식 맛, 한 치 앞을 내다보고 싶지만 그럴 수 없는 게 현실이다. 현실이 그렇다면 지금 내가 할 수 있는 건 무엇일까? 나는 현실을 받아들이고 지금에 집중하기로 했다.

금요일 퇴근길, 어김없이 숫자와 마주 섰다. 지금의 선택이 내일을 바꿔 놓는다는 믿음으로. 신중하면서도 신중하지 않았다. 대통령을 만나는 꿈을 꾼 적도, 돼지가 품 안으로 달려드는 꿈을 꾸지도 않았고, 얼굴도 모르는 조상님을 만나지도 못했다. 오로지 손끝에 내 운명을 걸었다. 믿음은 선명했다. 이 숫자들이 지금 상황에서 벗어나게 해 줄 거라는 믿음이었다. 더는 은행에 굽신 안 해도 된다. 먹어보지 못한 음식을 찾아다니며 먹을 수도 있다. 네 식구에게 각자의 공간과 편의 기능으로 넘쳐나는 안전한 차도 가질 수 있다. 친구들 앞에서 여유로운 표정으로 음식 값을 계산하는 내 모습도. 단 한 번의 선택으로 이 모든 게 내 것이 될 수 있다고 믿었다. 설령 이번이 아니어도 또 다음이 기다리고 있었다. 나만 포기하지 않으면 나에게 올 기회가 기다리고 있다고 믿었다. 일주일 뒤 달라질 내 모습을 내다보며 한 주를 버틴다. 현실은 시궁창이라도 꿈은 잃지 말라 했다. 꿈을 꾸어야 내일을 기대할 수 있다고 했다. 더 나은 내일을 기대할 수 있고, 시궁창 같은 현실을 벗어나게 해줄 유일한 희망. 로또에 의지한 일주일이 한 달이 되고, 한 달이 쌓여 일 년이 되었다. 일 년을 버텨도 현실은 달라지지 않았다. 여전히 반복되는 직장생활, 매달 갚지만 줄지 않는 대출금, 먹고 싶은 것보다 먹지 못하는 게 더 많았고, 방 두 칸에서 네 식구가 무릎을 맞대고 살았고, 할부금이 남은 중고차, 술자리 시작부터 얼마를 내야 할지를 여전히 고민하고 있었다. 일주일 뒤를 내다보고 살았지만 달라진 건 아무것도 없었다.

월요일 출근 전, 어김없이 빈 화면과 마주했다. A4 한 장을 채워야 한다. 첫 문장을 쓰기 위해 생각을 다듬는다. 쉽게 떠오르는 날도 있고, 그렇지 않은 날도 있다. 떠오르지 않는다고 포기하는 날은 없다. 겨우 첫 문장을 시작한다. 첫 문장을 밑천 삼아 다음 문장을 이어 간다. 한 단어씩 채우며 단락을 만들어 간다. 단락이 완성되면서 생각도 다듬어진다. 하고 싶은 말은 정해져 있다. 하고 싶은 말을 올바로 전달할 수 있는 바른 표현을 찾아간다. 같은 단어가 반복되지 않는지, 조사는 맞게 썼는지, 띄어쓰기는 바른지. 같은 뜻이지만 다른 표현은 없는지 한 번 더 생각해 본다. 길게 쓴 문장은 없는지. 주술이 안 맞는 문장은 없는지. 문맥이 안 맞는 문장은 없는지. 문장도 중요하지만, 맥락도 놓치면 안된다. 독자의 이해를 도울 수 있는 사례도 떠올려 본다. 그날의 경험을 독자의 눈앞에 가져다 놓는다는 마음으로 한 글자씩 채운다. 뜬구름 잡는 표현이 아닌, 멱살을 잡아 독자 앞에 앉혀 놓는다는 심정으로 쓴다. 그때의 감정, 생각, 분위기를 놓치지 않고 옮겨 적는다. 내가 겪은 경험은 내가 가장 잘 알기 때문이다. 그만큼 생생하게 쓸 수 있는 사람도 나뿐이다. 그렇게 또 다른 단락이 완성되어 간다. 내가 겪은 실패의 경험은 독자를 돌아보게 하고, 성공의 경험은 독자에게 동기를 부여한다. 숨김없이, 가감 없이 내가 겪은 경험을 있는 그대로 적어 내려간다. 어느새 또 다른 단락이 완성된다. 이제 마지막으로 내가 하고 싶은 말을 적는다. 메시지라고 공자님 말씀을 적는 건 아니다. 내가 겪은 경험에서 나는 무엇을 배웠는지, 무엇을 실천하고 있는지 적는다.

내가 졸업한 고등학교의 본관 건물은 1900년 초에 지어졌다. 벽돌로 쌓아올린 3층 건물이다. 하루 작업량과 정해진 양생 시간을 지키며 제법 긴 시간 동안 지어졌다고 들었다. 느려도 원칙을 지키며 한 장, 한 단씩 쌓아올렸다고 한다. 그런 노력 덕분에 120년이 지난 지금도 그 자리를 지키고 있다. 벽돌은 하루에 쌓을 수 있는 높이가 1.2m 이하로 정해져 있다. 그 정도 높이가 구조적으로 가장 안전하기 때문이다. 또 벽돌 사이 모르타르가 완벽히 굳은 다음에 쌓아야 아랫단이 튼튼하게 버텨준다. 아무리 벽돌 쌓는 재주가 뛰어나도 정해진 높이를 지키지 않으면 쉽게 무너진다. 글을 쓰는 것도 벽돌을 쌓아 집을 짓는 것과 같다고 생각한다. 한 장 한 장 빈틈없이 채워져야 무너지지 않는 것처럼 단어 하나하나가 알맞은 곳에 채워져야 의미를 제대로 전달할 수 있다. 단어 하나하나에 집중하려면 글을 쓰는 그 순간에만 집중해야 한다. 빨리 짓겠다고 한 단을 건너 띌 수 없듯, 단어 하나가 빠지면 의미 전달도 제대로 되지 않는다. 그러니 글을 쓰는 그 순간은 오롯이 글에만 집중해야 한다. 한 치 앞을 내다볼 여유도, 그래서도 안된다. 하고 싶은 말을 올바른 표현으로 써내려면 지금에 집중하는 게 최선이다. 일주일 뒤 달라질 수 있다는 막연한 기대의 로또 숫자보다, 지금 내 앞에 빈 화면에 한 글자씩 채우는 게 달라진 나를 기대할 수 있는 현명한 방법이었다.

공간을 나누기 위해 벽돌을 쌓는 것과 공간 안에서 안락한 삶을 살기 바라는 마음으로 벽돌을 쌓는 건 의미가 다르다. 앞의 기능공이 단순히 행위에만 집중한다면, 후자는 자신의 일에 의미를 부여한 것이다. 둘 중 어느 쪽이 자신의 일에 최선을 다할지는 말하지 않아도 알 수 있다. 하루하루 내 손으로 만들어 내는 것들에 의미를 부여한다면 허투루 할 수 없다. 완성되지 않은 허상을 쫓아 성급해하기보다, 지금 내 손에서 만들어지는 것들에 집중하는 게 내 삶의 한 치 앞을 내다보는 것이라 생각한다.

단점을 극복하기보다 강점을 키우다

공공기관에서 발주한 공사를 수주하면 담당 공무원의 지시를 받고 일을 진행하게 된다. 기업 대 기업으로 공사를 진행하면 비슷한 처지여서 거부감이 덜 한다. 반대로 공무원은 시작부터 어딘지 모르게 주눅이 들어 마주하게 된다. 안 그런 사람도 있지만, 나는 유난히 공무원이라면 한 번 접고 들어갔던 것 같다. 그들과 업무를 해본 경험이 없어서일 수 있다. 일반 기업과 공공기관의 결이 다른 업무 방식에서 오는 이질감일 수도 있다. 공공기관과 일을 하면 처음부터 끝까지 모든 서류를 그들이 요구하는 대로 맞춰야 한다. 그러니 그들의 지시를 무조건 따를 수밖에 없다. 경험이 없을 땐 한두 번은 실수라고 할 수 있지만, 세 네 번은 실수가 아니다. 그들은 이런 나를 이해해 주지 않았다. 익숙하지 않은 업무로 번번이 부딪힐 때면 나 스스로 위축이 되었던 것 같다. 다른 기관과 공사를 진행할 때도 마찬가지였다. 이미 그들을 대할 땐 한 번 굽히고 들어가야 한다고 여겼다. 그렇게 주눅이 들어있으니 단순한 질문에도 얼버무려 대답하고, 별일 아닌 일에도 지나치게 저 자세를 취했다. 당연히 대화도 대화 같지 않았다. 그들도 나와 얼굴을 마주할 땐 내색하지 않았지만 나 같아도 답답했을 것 같다.

지금 다니는 회사는 아파트 재건축 공사 중 단지 주변 도로 확장 공정을 담당한다. 조합 담당자와 협의도 하지만 주로 허가 기관인 구청을 상대하게 된다. 도로 확장과 관련된 내용을 여러 부서와 사전에 협의하고 결정하게 된다. 한 번에 결정되는 경우가 없다 보니 수시로 드나들며 지겨울 정도로 자주 만나게 된다. 지역을 달리하며 현장이 생기고, 담당 공무원도 다양하게 만나게 된다. 다른 구청, 같은 업무를 진행해도 담당자의 성격에 따라 요구하는 수준이 달라지기도 한다. 그에 맞추려면 사전 준비도 철저해야 한다. 얼마나 대응을 잘하느냐에 따라 일을 덜 수도 있고, 비용을 줄일 수도 있기 때문이다. 인가를 책임지는 공무원의 합리적인 요구를 얼마나 잘 이행하느냐에 따라 재건축 아파트 전체 준공 여부가 결정되기도 한다. 그러니 그들의 심기(?)를 건드리는 일을 만들지 않는 게 서로에게 도움이 된다. 말도 안되는 갑질을 말하는 게 아니다. 공무원은 원칙대로 일한다. 우리 같은 시공사는 조합의 의견을 대변하고 기업의 이윤을 좇을 수밖에 없는 처지이다. 중간에서 절충하려면 공무원의 요구를 무조건 들어줄 수도 없다. 서로가 만족할 수 있는 최선의 안을 제시하고 절충해 시공까지 해내야 한다. 이렇게 다양한 상황에 노출되다 보니 대화에도 나름의 요령이 생기게 되었다.

대화가 서툴렀을 땐 사람 만나는 게 어려웠다. 업무 때문에 어쩔 수 없이 공무원을 상대했지만 하고 싶은 말도 제대로 못했다. 실수를 반복할수록 할 말을 더 못했던 것 같다. 악순환이었다. 고쳐보려고 노력도 했다. 제대로 된 방법을 몰랐던 것 같다. 출처를 알 수 없는 인터넷 정보는 자신감을 가지라고만 했다. 어떤 상황에서든 당당해지면 주눅이 들 일이 없다고 알려줬다. 행동이 바뀌려면 주워들은 말로만으로는 안됐다. 결국 하나도 나아지지 않았다. 제대로 된 방법을 배운 것은 책을 읽고 글을 쓰면서부터였다. 결과부터 말하면 여전히 미숙하고 사람을 상대하는 게 어렵기는 마찬가지다. 다만 그때와 지금 달라진 한 가지는 상황에 맞는 매뉴얼을 익혀 활용하고 있다는 점이다. 내가 가진 단점을 극복하기보다 통용되는 매뉴얼을 익힘으로써 자동응답기처럼 대응할 수 있는 장점이 되었다.

예전에는 단점을 극복의 대상이라고 여겼다. 부족한 부분을 파고들어 고치는 게 옳은 방법이라 알고 있었다. 책을 읽기 전까지는 그랬다. 대화법, 처세를 다루는 책에서 알려주는 건 단점을 고치기보다 자신이 가진 강점을 찾고 개발하는 게 오히려 효과적이라 알려주었다. 내 경우를 예를 들면, 말하는 건 서툴렀지만 듣는 건 잘하는 편이다. 상대방이 하는 말을 주의 깊게 들으면 다음으로 내가 어떤 말을 해야 할지 파악할 수 있게 된다. 맥락을 이해한다는 의미이다. 그러면 해야 할 말만 선택해 할 수 있게 된다. 중언부언할 필요도 없다. 주눅이들 이유도 없다. 할 말이 명확하면 눈치를 볼 필요도 없다. 그렇다고 이런 장점이 저절로 생기는 건 아니었다. 연습이 필요했다.

상대방의 말을 단순히 듣기만 하는 것과 맥락을 이해하며 듣는 건 달랐다. 맥락을 정확히 이해해야 내가 하고 싶은 말도 명확해진다. 그래서 책을 읽고 글을 쓰며 연습했다. 책을 읽는 건 저자의 말을 듣는 행위이다. 들은 내용을 정리해 글을 쓰는 건 내가 하고 싶은 말을 하는 것이다. 읽으며 맥락을 이해하고, 이해한 맥락 위에 내가 할 말을 글로 쓰며 정리하는 과정. 이런 연습이 업무에서도 자연스레 녹아났던 것 같다. 같은 업무를 상대방을 바꿔가며 매뉴얼대로 하다 보니 요령도 붙었다. 조직체계가 다르고 목적하는 바가 같지 않기 때문에 부딪히고 조율 과정은 필요하다. 서로에게 이익이 되는 최고의 방법을 찾는 것도 중요했다. 사람을 대하는 방법과 효과적으로 대화하는 매뉴얼을 익혀가는 덕분에 예전처럼 주눅 들어 그들을 대하지 않는다. 어쩌면 당연했던 걸 당연하게 행동하지 못했었다. 배우고, 익히고, 연습하는 시간 덕분에 그나마 조금씩 나아지고 있다. 누구에게는 당연했던 게 나에게는 어려웠다. 하지만 책을 읽고 배우고 글을 쓰며 연습한 덕분에 업무에 자신감을 되찾을 수 있었다.

단점에만 집착해 고치려고 했다면 더 자책하고 힘든 시기를 보냈을 수도 있다. 반대의 선택을 하게 되면서 새로운 길을 찾을 수 있었다. 내 안에 있었지만, 미처 알지 못했던 강점을 끄집어냈고, 연습하고 훈련하는 과정을 통해 장점을 더 장점으로 만들었다. 사람마다 단점도 있고 장점도 분명 있다. 다만 그걸 알고 모르고의 차이일 뿐이다. 그렇다고 다른 사람이 알려줄 수 있는 것도 아니다. 자신을 냉정하게 바라보고 고민하는 시간을 통해 알게 될 것이다. 나도 그런 시간을 통해서 나의 장단점을 알 수 있었다. 알고 나면 선택하면 된다. 단점 대신 장점을 선택하는 것이다. 선택한 장점을 더 갈고 닦으면 분명 다른 나를 만나게 된다. 아직은 부족한 부분이 많지만, 점점 자신감을 찾아가는 나처럼 더 나아지는 자신을 발견할 수 있길 바라본다.

프레임의 법칙이 있다. 상황이나 사물을 어떤 틀을 갖고 보느냐에 따라 내 행동이 달라진다는 의미이다. 산 중턱에 이르러 반이나 왔다고 말하는 사람과 반밖에 오지 못했다고 말하는 사람 중 누가 등산을 즐기는지 말하지 않아도 안다. 단점에 집착하고 고치려는 사람과 부족해도 장점을 찾고 개발하는 사람 중 누가 더 발전 가능성이 있을지는 쉽게 짐작할 수 있지 않을까?

8

나도 꽤 괜찮네!

2021년 5월부터 일기를 다시 쓰기 시작했다. 이번에는 조금 다르게 쓰고 있다. 시간과 분량을 정해놓고 쓴다. 매일 아침 10분 동안 A5 한 페이지를 손 글씨로 채운다. 형식, 맞춤법, 띄어쓰기, 내용 모든 걸 무시하고 그 순간 떠오르는 대로 쓰려고 한다. 글의 주제도 다양하다. 전날 있었던 사건, 불쾌했던 감정, 준비 중인 프로젝트에 대한 각오, 흐트러진 마음가짐. 부정적이기도 하고, 희망을 담기도 하고, 나 자신을 위로하기도 한다. 하루 중 10분, 짧은 시간이다. 멍하니 보낼 수도 있고, 의미 없는 뉴스를 보며 흘려보낼 수도 있다. 10분 동안 쓰고 싶은 글을 마음껏 쓰면서 나 자신을 칭찬하고, 격려하고, 위로하고, 용기를 주고 있다. 그 덕분에 내가 지금 어떻게 살고 있는지 매일 돌아볼 수 있게 되었다.

좋은 건 나누어야 한다고 배웠다. 내가 좋으면 다른 사람에게도 좋을 것 같았다. 같은 방법을 다른 사람도 시도해 보면 그들만의 의미를 찾을 수 있을 것 같았다. 그래서 사람을 모았다. 방법은 단순했다. 21일 동안 매일 10분 동안 반복해 쓰는 것이다. 공짜면 책임감이 덜 할 것 같아 1만 원을 받았다. 온라인 모임은 운영비용이 적게 드는 장점이 있다. 그래서 내가 정한 1만 원은 스스로 약속을 지키겠다는 동기 부여 의미였다. 첫 모임에 4명이 모였다. 나이, 성별, 사는 곳, 글을 쓰고 싶은 이유 등 같은 게 하나도 없었다. 서로 다른 목적과 이유로 나를 찾았다. 이유와 목적은 달랐지만, 내가 주고 싶은 건 한 가지였다. 매일 글을 쓰는 습관이었다. 하루 동안 '나'를 위해 10분을 할애할 수 있길 바랐다. 무언가를 매일 꾸준히 해낸다는 건 쉬운 일이 아니다. 목적과 이유가 명확해도 주변 여건 때문에 흔들리기 일쑤다. 아무리 의지를 굳건히 해도 생각지 못한 상황에 휘둘리기도 한다. 그렇다고 환경 탓, 남 탓만 하고 있을 수도 없다. 세상 일 중 남을 통해 이룰 수 있는 건 아무것도 없다. 내가 시도하고, 움직이고, 꾸준히 반복해야만 온전히 내 것이 될 수 있다. 습관,

공부, 투자, 운동, 몸 관리, 어느 것도 내가 하지 않으면 바라는 결과를 얻지 못한다. 그런 의미에서 하루 10분을 시작으로 글 쓰는 습관은 물론 자신이 바라는 생활 태도를 만들어갈 수 있길 바라는 큰 꿈까지 갖게 되었다.

그런 마음으로 21일을 함께했다. 글 쓰는데 실질적인 도움이 되는 수업도 했다. 내가 배운 내용을 정리해 조금 더 수월하게 쓰는 방법도 공유했다. 나도 준비하는 과정을 통해 그동안 배운 것들을 정리해 볼 수 있는 시간이었다. 내가 무엇을 알고 모르는지 다시 확인했다. 한때는 모르는 게 무엇인지도 모르고 살았던 때가 있었다. 아는 것도 안다고 말할 수 없었다. 지금은 아는 것과 모르는 것을 구분할 수 있게 되면서 무엇을 배워야 할지도 선명해졌다. 읽히는 글을 쓰는 방법, 공감 받는 글, 내 경험을 바탕으로 책 읽는 방법, 글쓰기를 통해 얻을 수 있는 것, 쓴 글을 다듬는 방법 등, 흐릿하게 아는 건 다시 파고들었고, 선명하게 아는 건 다시 확인했다. 나도 21일 동안 함께 쓰면서 같이 공부했다. 공부한 내용을 화면을 통해 전달했다. 능숙하지는 못했지만, 진심을 다했다. 다행히 진심은 전해진 것 같았다. 마지막 시간, 21일을 완주한 소감을 물었다. 가장 와 닿은 건 21일을 완주한 자신에게 놀랐다는 것이었다. 살면서 여러 차례 시도를 했지만, 성공보다 실패가 많았다고 했다. 실패의 경험 때문에 이번에도 실패할 것 같았지만, 다행히 완주했다며 감사해했다. 우리는 자신을 믿지 못하는 것 같다. 나도 그런 때가 있었다. 시도만 많았지 성과를 얻지 못했었다. 실패만 쌓이면서 인생에서도 낙오자가 되는 느낌이었다. 그래서 더 시도를 두려워하게 되고 안되는 사람이라며 스스로 낙인을 찍었다. 하지만 작은 성공의 경험이 모든 일의 출발점이었다. 2018년 처음 책을 읽겠다고 마음먹고 한 권씩 읽어나갔다. 한 권이 두 권이 되고, 다섯 권, 스무 권이 되면서 성취감을 맛보게 되었다. 단지 책 읽기를 시도했고, 시도했던 책을 읽어내면서 결과를 손에 쥐게 되었다. 그런 과정을 반복하면서 나도 무언가 해낼 수 있는 사람이라는 자신감도 되찾게 되었다. 결국 그 경험들이 쌓이면서 지금의 나로 이어질 수 있었다.

나에게 감사를 표하는 건 고마웠지만, 정작 자신에게 더 감사하길 바랐다. 아무리 좋은 말로 동기 부여를 해도 결국 자신의 의지가 없으면 아무것도 이룰 수 없다. 옆에서 같은 목적을 갖고 함께하는 동료가 있다는 게 힘이 되는 건 사실이지만, 그보다 자신의 의지가 더 필요하다. 결국 해냈다는 건 온전히 자신의 의지이기 때문이다. 그런 '나에게 자신감을 가졌으면 좋겠다. 짧은 시간 동안 이룬 성취지만, 이를 발판 삼아 더 큰 도전을 이어 가길 바랐다. 새로운 도전을 겁내지 않았으면 좋겠다. 그들 못지않게 나에게도 새로운 도전이었다. 그동안 어떤 삶을 살아 왔는지 입증해야 하는 자리이기도 했다. 내가 바른길을 걸어왔다면 그들에게도 분명 도움이 될 수 있을 테지만, 그렇지 않았다면 다시 돌아봐야하기 때문이다. 매 순간 온 힘을 다해 살아 왔지만, 내 삶이 타인에게 얼마나 도움이 될지는 알 수 없었다. 책을 읽고, 글을 쓰고, 배우고 익히는 모든 과정이 나와 타인을 향해야 한다고 여겼지만 확인할 방법은 없었다. 그 시작이 4명과 함께하는 모임이었다. 결과적으로 틀린 길을 걷지는 않았다. 내가 경험했던 것들이 그들에게 이정표가 되었고, 흔들릴 때 붙잡아 주었고, 포기하고 싶을 때 다시 움직이게 해 주었다. 나는 그걸로 충분했다. 맞는 길을 걷고 있다는 믿음. 그 믿음이면 앞으로도 멈춤 없이 걸을 수 있을 것 같다.

할 수 있는 게 없다고 여겼었다. 줄 수 있는 게 무엇인지 모르고 살았었다. 하고 싶은 게 없는 사람인 줄 알았다. 실패에 익숙했고 성공과는 멀어 보였다. 포기하고 합리화하는 게 편했다. 해는 뜨고 지기를 반복한다. 지기 위해 뜨고, 뜨기 위해 진다. 어둠을 걷어내며 서서히 밝아오는 아침처럼, 책을 읽게 되면서 지난 시간의 나를 서서히 걷어내 왔다. 한 번 뜨기 시작한 해가 멈추지 않듯, 한 번 읽기 시작한 책과 쓰기 시작한 글을 멈출 수 없었다. 멈추지 않고, 포기하지 않고 이어왔기에 이제 내 삶의 어둠을 조금씩 걷어내고 있다. 모습을 드러낸 해는 시간에 따라 세상을 더 넓게 비춘다. 지금의 나는 이제 막 어둠을 벗어나 가까이 있는 것부터 비추고 있다. 어둠 속에서 하루를 시작하는 이들과 함께 밝으므로 나아가고 있다. 지금은 그들 앞만 비추고 있지만, 그럴 수 있다는 게 감사하다. 지난 시간 한눈팔지 않고 달려온 나 자신, 나도 꽤 괜찮네!

배움은 타인을 이롭게도 하지만, 궁극에는 자신의 부족함을 채우는 데 의미가 있다고 생각한다. 나의 부족함을 채우는 데 타인의 인정은 의미가 없다. 오히려 묵묵히 부족함을 채울수록 빛나는 사람이 될 수 있다. 유배지에서 5백여 권의 저작을 남긴 다산 정약용이 그랬고, 억울한 옥살이로 22년을 보냈지만, 삶의 진정한 의미를 깨닫게 해준 신영복 선생이 그랬다. 배움에는 때가 없다고 했다. 때는 여러 의미를 담고 있다. 배움을 시작할 때, 하루 중 배움을 익힐 때, 사람을 만나 다름을 경험할 때, 실패에 좌절할 때, 성공에 도취되었을 때 등 삶의 모든 순간에서 배움을 이어갈 수 있다. 다만 배우기로 마음을 먹고 행동으로 옮겼을 때 가능한 것이다.

"아빠! 탄수화물이 뭐야?"

"탄수화물? 지금 먹고 있는 거. 밥 안에 들어 있는 거야."

저녁을 먹는 중간 큰딸의 질문이었다. 운전 중 깜빡이 안 켜고 차선 변경하는 앞차 같았다. 끼어드는 차를 피하려고 브레이크를 밟듯, 내 머리도 순간 멈췄다. 당황했고, 급한 마음에 둘러댄 대답치고는 실망스러웠다. 식단관리를 준비하면서 20권이 넘는 책을 읽었다. 거의 모든 책에서 3대 영양소, 탄수화물, 단백질, 지방에 대해 상세히 설명한 걸 읽었다. 읽은 내용은 머릿속에 둥둥 떠다녔던 것 같다. 머릿속에 정리 안된 내용은 입에서 나올 때도 바람 빠지는 풍선처럼 맥없이 새어 나왔다. 큰딸은 '그게 다야?'라는 표정이었다. 순간 얼굴이 화끈했다. 내가 지금 뭐라고 한 거지? 고작 이렇게 말하려고 그렇게 책을 읽었나. 그랬다. 나는 여전히 말에 서툴다. 부동산 책을 수십 권 읽어도 아내의 질문에 속 시원하게 답하지 못한다. 읽을 책 좀 추천해 달라는 지인의 부탁에 책 제목이 생각 안 나는 건 이제 익숙하다. 누구처럼 궁금한 걸 물으면 자판기 음료수 나오듯 속 시원하게 답해 주질 못한다.

독서를 주제로 강연한 적이 있었다. 책을 읽는 양이 많아지면서 내 나름의 책 읽는 방법을 공유하고 싶었다. 1시간 30분이 주어졌다. 두 달 동안 PPT를 만들고 발표 연습을 했다. 요즘은 온라인 수업이 익숙해지고 있지만, 2년 전에는 낯선 방식이었다. 사전에 프로그램을 다루는 방법을 배웠지만, 손에 익지 않았다. 혼자 연습하고, 지인을 화면으로 초대해 실전처럼 연습했다. 강연 당일도 진행자가 혹시 모를 사고를 대비해 화면 속에 대기해 있었다. 시작 전 진행자와 점검을 마치고 본 강연이 시작되었다. 30분쯤 지났을까, 진행자가 급히 중지 신호를 보냈다. 참여자의 화면에는 내가 준비한 PPT 일부가 가려진 채로 보이고 있었다. 이런 일이 없길 바라며 연습하고 또 연습했지만 결국 터지고 말았다. 동시에 멘탈로 흔들렸다. 질문 받는 시간을 제외하고 남은 시간이 40분이었다. 진행자가 손을 써 봤지만 바로 잡을 수 없었고, 그 상태로 남은 시간을 진행하기로 했다. 흔들린 멘탈은 제자리로 돌아오지 않았다. 40분 분량을 20분 만에 끝냈다. 남은 시간은 미리 빼놓은 질문시간에 더해 30분이나 남았다. 더는 준비한 내용은 없었고, 질문을 받기 시작했다. 목공용 끌로 장작을 패는 심정이었다.

여러 질문에 답을 했고, 무슨 말을 했는지도 모른 체 30분이 지났다. 꽁무니 빠지게 인사를 하고 화면을 닫았다. 다음 날 몇몇 분이 개인적으로 후기를 남겨 주셨다. 예상 못한 반응이었다. PPT로 준비한 내용보다 질문에 대한 답이 더 알찼다는 내용이었다. 강연에는 책은 읽고 싶지만 어떻게 읽어야 할지 막막했던 분이 대부분이었다. 이미 내가 겪었던 내용이 질문의 대부분이었던 것 같다. 그런 질문에 그동안 내가 경험했던 내용을 그 자리에서 대답해 줬다. 평소 나는 나의 독서 습관에 대해 글로 정리해 놓았었다. 어떻게 읽는지, 어떤 방법으로 기록을 남기는지, 책을 고르는 기준, 언제 읽는지 등등을. 그렇게 정리해 놓은 글 덕분이었는지 그분들의 가려운 곳을 긁어줄 수 있었다. 내가 하고 싶은 말을 정리해 놓은 글은 머리 한 곳 서랍 안에 넣어둔 것이었다. 말주변이 없던 나도 내가 잘할 수 있는 부분에 대해서 만큼은 자신 있게 말할 수 있었다. 말을 조금 더 잘하고 싶어서 전문 강사에게 수업도 들었다. 그 덕분에 사람들 앞에 섰을 때 예전보다 한 톤 높여 말할 수 있는 자신감이 생겼다. 수업 외에도 자신감이 붙은 또 하나의 이유는 평소 내 생각을 글로 적어 놓았기 때문이라고 생각한다. 상대방이 어떤 질문을 할지 알 수 없다. 그래도 질문을 달라고 당당하게 말한다. 내가 아는 내용이면 자신 있게 말하고, 그렇지 않으면 모른다고 당당하게 말한다. 왜? 모르는 건 죄가 아니니까. 나라고 모든 걸 다 아는 건 아니다. 모르는 건 알아보고 따로 답을 준다고 한다. 그런 나를 질책하는 사람은 없다. 질문에 답이 될 내용이 머릿속에서 떠오르면 있는 대로 박박 긁어 전해 준다. 아는 내용이 입으로 나오는 그 순간의 나는 세상에서 말을 가장 잘하는 사람이 된다. 그렇게 나는 나를 믿고 있다.

5년째 매일 글을 쓰고 있다. 글을 쓴 덕분에 서대문구청에서 청년을 대상으로 '내가 하고 싶은 말'을 주제로 유튜브 생중계 강연을 했고, 직업 소개 멘토로 '오디오 멘토링 프로그램'에 참여하는 기회도 얻었고, 유료 강연을 통해 경험한 것들을 나누기도 했고, 모임 장이 되어 글 쓰고 책 읽는 모임을 운영하게 되었다. 단점인 말솜씨를 고치기 위해 말에만 집중했다면 아마 이만한 성과를 얻지 못했을 거다. 대신 상대방의 말을 잘 듣고, 이해하고, 배려하고, 인정해 주는 장점에 집중하기 위해 책을 읽고 글을 써왔다. 못하는 것보다 잘하는 것에 집중했고, 잘하는 것을 더 잘하기 위해 노력해 왔다. 물론 지금보다 더 잘하고 싶은 욕심이 있다. 지금 내 수준은 걷기 시작한 아이가 킥보드 타는 법을 배우는 것과 같다. 걸음이 느린 아이도 킥보드 타는 법을 배우면 가고 싶은 곳까지 빠르게 갈 수 있다. 말이 서툰 나도 내가 가진 장점에 집중한다면 지금보다 더 말을 잘할 수 있을 거라 믿는다. 그렇게 되기 위해 못하는 건 접어 두기로 했다.

인생을 두 배로 사는 강점혁명

초판인쇄	2022년 6월 24일
초판발행	2022년 6월 29일
지은이	김형준
발행인	조현수
펴낸곳	도서출판 더로드
기획	조용재
마케팅	최관호, 최문섭
교열·교정	이승득
디자인	문화마중
주소	경기도 고양시 일산동구 백석2동 1301-2
	넥스빌오피스텔 704호
전화	031-925-5366~7
팩스	031-925-5368
이메일	provence70@naver.com
등록번호	제2015-000135호
등록	2015년 6월 18일

정가 15,000원
ISBN 979-11-6338-270-6 (03810)